剣と魔法の税金対策
[著] SOW
[絵] 三弥カズトモ
4
It's a world dominated by
tax revenues. And many encounters
create a new story

『お久しぶりです、陛下』
そこには、映像魔法によって映し出されていた、
同じくこの場所に因縁を持つ者の一人、
元魔族宰相のセンタラルバルドの顔があった。
センタラルバルド
元魔族宰相

「アンタは、センゾクイケショウテンガイ!!」
『センタラルバルドだ!!!!』
メイ・サー
人類種族最強の勇者。
ブルーの妻。
二つ名は“銭ゲバ”。

「なに……すんだこのー！」
ブルー・ゲイセント
魔族領を治める魔王。
メイの夫。
お金が足りない。
赤髪の女戦士
ザイ・オーを追う暴れん坊。

ザイ・オー
エンドの国の王子
「あン！
やろうってのＩ
やってやろうじゃない!!」

ゼオス・メル
“税”を司る天使。
その存在は脱税を許さない。
「『手段を選べない』ときこそ、
『手段を選ばねばならない』のです。
それに気づけなかったことが、
私の後悔です」

ノーゼ
税悪魔
「わかっているのかしらあの子……
自分がなにをしたか、
なにをしちゃったか……」

けんとまほうの
ぜいきんたいさく

Contents

It's a world dominated by
tax revenues.
And many encounters create
a new story

剣と魔法の税金対策

Brave and Satan and Tax accountant

4

けんとまほうの
ぜいきんたいさく

[著] SOW　[絵] 三弥カズトモ

It's a world dominated by
tax revenues.
And many encounters create
a new story

前がたり

それは、はるかな昔からそこにいた。

草木の一本も生えず、飛ぶことに疲れた鳥でさえ、羽を休めることもない、ありとあらゆる生命の存在しない場所。

それはただ、時を詠んでいた。

千回の夜を数えてなお余るほどの月日を、この地でみじろぐことなくあり続けていた。

自分が何者であったのかさえ、おぼろげになっていたそれに、それでもなお、鮮烈に遺《のこ》り続けているものがあった。

光り輝く剣を手に持った、赤髪のあの女の姿だけは、今も忘れない。

それは待ち続ける。

ただ、待ち続ける。

永劫《えいごう》とも言える時を詠みながら。

序章

大陸の東半分を占める人類種族領——無数にある国々の中の一つ。

その国の中の、複数ある都市の中の一つに、彼はいた。

「ほれ、今日の手間賃な」

「へへへ……あ、ありがとうございやす」

昼なお光の差さぬ裏路地は、夜ともなれば互いの顔もろくに見えない。

商家の裏口を回って、ゴミの回収を行っていたその男に、店の主はとくに気に留めることなく、回収の手間賃を渡した。

店の出すゴミは、その種類によって回収費が異なる。

燃えるゴミなら30イェン、燃えないゴミは50イェン。

空き缶やクズ紙は、分別して引き取ってもらえれば、お金になる。

一日町をさまよって、得られるのは１０００イェンと少し。

「うぐぐ……」

情けなさに、男は涙をにじませる。

かつて彼は、この世界の半分を領有する種族の、第二位の立場にいた。

東西南北ににらみを利かす四天王よりも上、彼より上となると、もう〝王〟と呼ばれるあの者しかいない。

そんな自分が、今は領土を追われ、あれだけ嫌っていた人類種族にヘコヘコと頭を下げ、ゴミにまみれてその日の糧を得ている。

「あと、どれくらいか……」

彼は全てを失った——否《いな》、それどころか、まださらに失い続ける。

こうして稼いだ小銭すらも、そのいくらかは消えてなくなる。

そうあるように、あの天使に定められてしまったのだ。

絶望とは、未来に希望がないことである。

希望のない未来とは、この先どのように生きても、「何も変わらない」という事実を突きつけられることである。

「ぐぐぐ……！」

それでもなお彼がしぶとくもがいているのは、ただ単に、ここで全てを放棄してしまえば、あの者たちに、自分から全てを奪った者たちに、屈することになる。

その事実を受け容《い》れられないという最後の意地だけで、彼は今日も生きていた。

「うふふふ……」

「ん……？」

そんな彼の前に、いつの間にか一人の女が立っていた。

（何だ……？）

誰だ——とは思わなかった。

美しい女である。

間違いなく、誰もがそう認めるくらいには、整った容姿の女であった。

しかし、それがむしろ怪しい……いや、妖《あや》しい。

ある種の花が、美しき色彩で虫を引き寄せるのにも似た雰囲気をまとっていた。

「その服、国家連合《ユニオン》の者か……？」

国家連合——人類種族領にあまたある国家をまとめる機関。

政治、軍事、そして経済に至るまで、絶大な影響力を有する。

（思い出したくもない……）

しばし前に、彼はその国家連合に属する者と組み、世界を裏側から牛耳っていた。

その男がどうなったかは知らない。

今の彼には、自分ひとりが生きるのに精一杯で、他人を顧みる余裕などないのだ。

「随分と落ちぶれてしまわれましたね……魔族宰相センタラルバルド様」

「——!?」

己の名と、そしてかつての己の地位を言われ、男——センタラルバルドの顔に緊張が走る。

「なんだ……なんの用だ！　笑いに来たか！　いや、それとも……」

彼はかつて、国家連合の議員も務めていた大商人とともに、長きにわたって世界の経済の成長発展を抑制し続けていた。

詳しく話せば長くなるが、要は、社会を意図的に「不況」に落とし込んでいたのだ。

「ご安心を、別にあなたに危害を加えるために来たのではありませんから、ええ」

彼を恨みに思う者など、山ほどいる。

そんな一人なのかと疑ったセンタラルバルドに、女はニコリと微笑《ほほえ》み、言った。

「今のあなたに、その価値もないでしょう？」

さらに女は笑う。

嘲《あざけ》り、見下す者の笑みであった。

「嬲《なぶ》るか！」

手のひらを向け、センタラルバルドは力を放とうとする――が、なにも起きない。

「ぐう……」

もうわかっているはずなのに、つい動いてしまった自分の腕を、彼は恨む。

長年にわたって、世界の裏で暗躍し、暴利を貪《むさぼ》ってきたセンタラルバルド。

税天使ゼオスによって、〝ダツゼイ〟の罰として、〝カショウシンコクカサンゼイ〟、〝ムシンコクカサンゼイ〟に加え〝ジュウカサンゼイ〟まで喰《く》らってしまった。

要は、とてつもない課税をされたのだ。

「あなたが奪われたのは、財産の全てだけではありません。高位魔族としての〝力〟……それすらも金銭価値に換算されて奪われた。今のあなたは、そこらの人間以下……」

なぜこの女はそれを知っているのか、センタラルバルドには解《わか》らないが、言っていることは正解であった。

天への納税が果たせぬ者に、天界の使い、〝税天使〟は、〝キョウセイシッコウ〟のもとに、あらゆるものを〝サシオサエ〟する権限がある。

かつて魔族ナンバー2であったセンタラルバルドは、その力すらも〝サシオサエ〟られてしまったのだ。

「一体、なんの用だ……私を嘲笑《わら》いに来たのか！」

「そんな、とんでもない」

悔しさに歯噛《はが》みする彼に、女はなおも朗らかな笑みで言う。

「私と、手を組みませんか？」

その口から出てきた言葉は、今のセンタラルバルドには、たちの悪い冗談であった。

「ははっ！」

あまりにも笑えなさすぎて、逆に笑ってしまうほどである。

今しがた当人が言ったのだ。

センタラルバルドは全ての力を奪われた。

権力も、財力も、魔力すらも。

「今の私と組んで、なにができるというのだ？　私が教えてほしいくらいだ！」

彼ができることと言えば、雑用をこなし、かろうじて生きられる程度の日銭を稼ぐのがせいぜいである。

「クスクスクス……あなたは知らないのですか？」

女は笑う。

だがそれは、無力なセンタラルバルドを笑っているのではない。

彼が、自分に価値が残っていることを――いや、正確に言えば、価値を取り戻すことができることに気付いていないことを、笑っているのだ。

「〝ゼイホウ〟の力は絶対……いかなる者でも抗《あらが》うことはできない。魔王ブルー・ゲイセントでも、勇者メイ・サーでも敵《かな》わない」

「……………」

自分にとって、聞きたくもない名前を告げられ、わずかにセンタラルバルドの顔がゆがむ。

「税金の未払いは絶対に許さない。払えなければ、ありとあらゆるものを奪い取る……ならば？」

ぱちんと、女は指を鳴らした。

「払うものさえ払えば、奪ったものは返すということですよ」

次の瞬間、何もなかったはずの空間から、金が溢《あふ》れ出した。

金貨、銀貨、宝石、黄金の装飾具、世界中の紙幣、両手ですくい上げられる分だけでも、一生遊んでくらすのに十分なほどの「金」が、そこに現れた。

「お……お前は、なんなんだ……」

センタラルバルドの声が震える。

純粋に恐怖である。

なにを考えているのか、皆目見当もつかない存在。

その者が自分を求めている。

関わり合いにならないほうがいい、誰でも分かる話だ。

あまりにも怪しい相手だ。

だがそれでも、極貧の限りにあり、貧困の底を這《は》いずる今のセンタラルバルドには、目の前に積まれた大金は、冷静な思考を奪うに十分な輝きであった。

「うふふ」

女は笑う。

笑いながら、ゆっくりりと、積み上がった金を踏みつけるようにして、その上に立つ。

「足ります？」

それは、奪われた全ての力を買い戻すには十分か？　という意味なのか。

それとも、センタラルバルドのプライドや矜持《きょうじ》や信念や野心や、ともかくそういった全てを、「買い取る」に足るのか、という意味なのか。

おそらく、両方なのだろう。

それはセンタラルバルド自身、十分理解していた。

相手が喉《のど》から手が出るほど欲するものを踏みつけにして問う、ということは、そういう意味なのだ。

だが——

「なにが……望みだ？」

わかっていてなお、彼はその誘いに乗った。

抗《あらが》えるものではないのだ。

かつて高みにいた者が、底辺を這《は》いずる苦痛。

そこから脱し、再びあの景色を見られると言われ、抗える者などいないのだ。

「結構」

全ては段取り通りというように、女は笑う。

「では始めましょうか……ああ、その前に、自己紹介がまだでしたね」

わざとらしく女は言う。

「私の名前は、ノーゼ・メヌと申します」

ノーゼ――税の悪魔、税悪魔ノーゼ。

それが、センタラルバルドの前に現れた女の名であった。

今日この日、この時、彼は文字通り、「悪魔に魂を売った」のであった。

そして、それが、魔王城史上最大の危機の幕開けであった。

第一章　邪法〝テキタイテキバイシュウ〟

魔王城は平和であった。

一兆イェンの追徴課税が発生したり。

埋蔵金の呪《のろ》いで魔王が死んだり。

エルフ族と種族間対立に発展したりしたけれど、ようやく平穏なときが訪れていた。

「ばんざーいばんざーいばんざーい！」

「ばんざーいばんざーいばんざーい！」

二人揃《そろ》って声を上げ、万歳三唱している、勇者メイとゼイリシの少女クゥ。

この日は、彼女たちの待ちに待った日であった。

「長かったですねぇメイさん」

「そうねぇクゥ、この日をどれだけ待ったことか」

うんうんと、二人は互いに喜びを嚙《か》み締め合っていた。

「そこまで喜ぶようなことなのかい？」

気持ちは分からんでもないが、ややついていけないでいるのは、この城の主であり、魔族の大首領、魔王のブルー・ゲイセントであった。

「喜ぶようなことよ！」

「です！」

が、即座に返される強い意志のこもった声。

「だって、やっと……」

拳《こぶし》を握りしめるメイ、その拳を高く突き上げる。

「やっと、城のトイレが全面水洗化――――！！！」

「わーい！！！」

そして、クゥと強く抱き合った。

「う〜ん……？」

キョトンと、ブルーは首をひねる。

魔王城の会計は、一時の超絶赤字経営から、ようやく持ち直し始めた。

とはいえ、魔王城は無駄に広いため、修繕修復改築などの作業は、遅々として進まずにいる。

屋根は雨が漏り、床はひび割れ穴だらけ。

中にはかなりずさんな工事が行われたのか、土台がスカスカだったり、柱が足りなかったりと、よくもまぁ今までちゃんと建っていたものだと呆《あき》れるほどであった。

そんな中、少しずつ少しずつ作業を進め、クゥが予算を確保し、ようやっと城内トイレの水洗化が果たされたのだ。

「素晴らしいことだけど、そこまで喜ぶようなことかい？」

「バカ、ブルーバカ！」

疑問を口にしたブルーであったが、容赦なくメイはツッコむ。

「トイレに限らずだけど、水回り関係は重要なのよ。毎日のことで、生活に直結するでしょ」

「そういうもんなのかい？」

「そういうもんなのよ」

言い切るメイであったが、さほど間違ってはいない。

「トイレやお風呂《ふろ》などの公衆衛生に関わる設備は、大切なことです」

なので、クゥも後に倣《なら》った。

「トイレもそうですが、お風呂もですね。清潔な暮らしができるようにしないと、病気とかがはびこってしまいますから」

「ああ、なるほど」

言われて、ブルーは手を叩《たた》く。

「伝染病が発生する原因は、とにもかくにも、不潔な環境です。なので、公衆浴場の使用料金は、勝手に上げたらいけないことになっているんですよ」

「そうだったの？」

クゥの言葉に、さすがにそれは知らなかったメイが、意外そうな声を上げる。

「はい、入浴料が高くなったら、お金のない人は入れなくなります。そうなると……」

「汚れたままで街中を歩いて、バイ菌を振りまいちゃうわけね」

「そうです」

公衆衛生の維持もまた、公共の事業なのだ。

故に、公衆浴場の開業は許可制であり、一定の衛生基準を満たし、なおかつ、公的機関の設定した価格上限を守らねばならない。

「あれ、でも……なんか、けっこうなお値段の浴場もあったわよ？　あれはいいの？」

以前旅していた時に、人類種族領の都会にあった、宮殿のようなスパを思い出し、メイは尋ねる。

「その浴場、お風呂《ふろ》の他に、レストランとか、カフェとかありませんでした？　あと、寝泊まりできるようになっていたりとか」

「そういえば……なってたわね」

「その場合は、遊興施設の分類になるんです。なので、価格が自由に定められるんですよ」

「は～、いろいろあんのね」

〝入浴のための施設〟と、〝入浴もできる施設〟では、法的な分類は異なるのである。

同じように見えるが、世の中、意外とそうでないものは多いのだ。

「今回の改装も、トイレだけでなく、魔王城で働く方たちが自由に使える浴場や、そのための上下水道の整備など、かなり大掛かりのものなんですよ」

「なるほど」

クゥの説明を受け、ブルーも、決してこれが軽いものではないと理解した。

魔王城はデカイ、無駄にデカイ。

そこで働く魔族たちも膨大な数で、ちょっとした都市のようなものだ。

それだけの環境では、トイレやお風呂などの水回り事業も、単純な快適性の話にとどまらない、重要ごとなのだ。

「さて、では早速使おうかしらねー！」

新品の水洗トイレの快適っぷりを試そうと、メイが一歩進む。

「メイくん、ちょっとストップ」

「なによ、若い娘がはしたないとか言うの？」

止めるブルーに、メイが怪訝《けげん》な顔を向ける。

「いやそうでなくて、いきなり使うのはやめたほうがいいよ、まずちゃんと流れるか試さないと、ね……？」

「あーそーね、出したのが流れないと困るしね」

「キミはホントにもう……」

わざわざ婉曲《えんきょく》な表現をしたのに、直接的な物言いのメイに、ブルーは困った顔になる。

「んじゃま、よいしょっと」

そんな相手の思惑など知らぬ顔で、メイは水洗用の鎖紐《くさりひも》を引いた。が——

「あれ？」

流れない。

「どうしました？」

「う～ん、おかしいわね」

覗《のぞ》き込むクゥに、困った顔を見せる。

「他はどうかしら？」

新設のトイレは一つではない。

隣にも、その隣にも、複数の個室が設《しつら》えてある。

「あれ？」

だが、そのことごとくが流れない。

鎖紐を引いたその先のレバーが降りる手応えはある。

なのに、水が流れないのだ。

「元栓開いてる？」

「開いてるよ」

ブルーに尋ねると、すでに元栓を確かめに行った彼も、首をかしげていた。

「おかしいわねぇ、手抜き工事？」

「そんなはずはないんですが……」

困惑するクゥ。

今回の城内のトイレ工事は、魔族ではなく、人類種族領から来た技術者が行っている。

「大きな街の水道事業も手掛けた方です。仕事は間違いないはずですが……」

とはいえ、流れないものは流れない。

「むぅ……こりゃしばらくお預けのようね」

とにもかくにも、使えないのであればしょうがない。

一旦、その技術者を呼び、不具合のある箇所を直す。

それが現実的な対処であると、メイは考える。

たかがトイレの不具合——その程度の話だと思った。

それで終わると思ったのだが、それは、始まりの合図でしかなかった。


その日の夜——

昼なお暗い魔王城。

夜ともなればさらに暗い。

大抵の魔族はさっさと床につき、ブルーもメイもクゥも、すでに眠りについている。

「うおおおお………」

「カラカラ………」

そんな真っ暗な魔王城を徘徊《はいかい》する二つの影。

ゾンビのランディとスケルトンのジョーイであった。

魔族も眠る午前二時。

しかし彼らはアンデッド。

故に眠る必要はない上に、どちらかというと夜中の方が調子がいい。

なので、夜間の見回りを行っているのだ。

アンデッドと言えば、無意味に徘徊するのが仕事のようなもの。

そこにちゃんと役目をあたえたのは、クゥの采配《さいはい》である。

ちなみにちゃんと夜勤手当も出るので、良いことずくめである。

「うおおおお……」

「カラカラカラ……」

ただし、世の中なんでもかんでも上手《うま》くいくことはない。

あちらを立てればこちらが立たず、なにかしらの問題も必ず発生する。

バタリと、なにか音が響く。

音が発生したのは、いくつかある普段使われていない倉庫の一つ。

スケルトンのジョーイが、その倉庫の中を巡回しようと、ドアノブに手をかけた。

「カラカラカラ……？」

しかし、ドアは開かない。

鍵《かぎ》はかかっていない。

そもそもドアノブが回らない。

なにかが引っかかっているのではない。

ドアノブ自体が、自分の意志を持ったかのように、動かないのだ。

バタリ、バタリと、誰もいないはずの城内の廊下に、奇妙な音が鳴る。

「おおおおおお……」

ゾンビのランディは音に反応して振り向くが、そこには誰もいない。

「…………」

「…………」

しばし、顔を合わせるランディとジョーイ。

「うおおおおおお………」

「カラカラカラ………」

なにもなかったかのように、二人は再び廊下を進む。

彼らが命じられたことは、「夜中に城内をうろつく不審な者があれば捕らえよ」であった。

しかし、誰もいないし、ドアノブが回らないのでは、倉庫の中にも入れない。

入れなければ、誰がいるかもわからない。

わからなければ、なにもできない。

「うおおおおお……」

「カラカラカラ……」

ゾンビのランディと、スケルトンのジョーイ。

二人は眠りもせず、朝まで城内を巡回できる。

だが二人には脳がない。

能ではなくて、脳がない。

ランディのは腐りかけているし、ジョーイには存在しない。

二人には、今この時、城内で起こっている異変に気づき、「おかしい」と感じる脳がないのだ。

単純な命令しかこなせないアンデッドたちは、命令されたこと以外の異常が発生しても、それ以上のことができなかった。

じわじわと忍び寄る魔手を、知らせることはなかった。

翌朝——早くも、魔王城内は混乱の内にあった。
「どういうこったいこりゃあ!!」
叫んだのは、朝一番早い食堂のマーマンのおかみさんだった。
皆の朝食を作るために厨房《ちゆうぼう》の竈《かま》に火を入れようとしたが、どうやっても火がつかない。
ついには油をぶっかけて松明《たいまつ》を投げ込んだが、ぷすりとも火はつかず。
パンも焼けねばスープも煮込めなくなった。
「どうなってんだオイ!?」
城門警備のオークたちがどよめいていた。
魔王城の正門は、夜明けとともに開き、日没とともに閉める。
門番たちが朝の交代を行い、早速開門をしようとしたが、扉が開かない。
開門用のレバーを、押しても引いてもうんともすんとも言わないのだ。
「おーい！　おーい！　開けてくれぇー!!」
魔王城地下のダンジョン。
そこに詰めるヴァンパイアやミミックたちがわめく。
地下迷宮への入り口の扉が、突如閉じてしまい開かなくなった。
表の者たちがあれやこれやとこじ開けようとするが、やはりこれも開かない。
こんな原因不明のトラブルが、城内のあちこちで乱発していたのである。

「どうなってんの？　一体これはなにが起こっているのよ！」

起きて早々に、異常事態を知らされたメイ。

あちこちを見て回るが、彼女の目をもってしても、事態の原因が解《わか》らない。

「物理的な干渉ではないみたいです」

答えるのは、異常を知らせに来たリザードマンの衛兵。

「木の扉だってのに、鉄の斧《おの》でぶん殴ってもヒビ一つ入らねぇんですよ」

「それは……おかしいわね」

扉を開かないようにする魔法というのは存在する。

魔力で施術されているので、通常の鍵《かぎ》開け技術では対処できない。

場合によっては、ある程度の物理干渉もはねのける。

「ふむ……」

閉じられて開かなくなった倉庫の一つ、その扉のノブに手をかける。

ガチャガチャと、何度かノブを回そうとするが、やはり回らない。

開閉機構が壊れているのではない。

「ドアはノブを回せば開く」――という現象そのものを禁じているのだ。

「一種の禁呪《きんじゅ》魔法かしら……でもおかしい」

もしこれが魔法によるものならば、それならわかりやすい。

だがメイが困惑しているのは、「魔法の流れ」とでもいうべきものが感じられないのだ。

「一体……」

「メイくん、ちょっと下がってくれ」

そこに現れるブルー、メイとリザードマンの衛兵を下がらせると、やにわに魔法の一撃を放つ。

「おわぁ!?」

爆発の反動で吹っ飛ぶメイ。

「アンタねぇ! やるならやるって言いなさいよ! びっくりしたぁ……って、え?」

爆煙が晴れた後も、扉はなにごともなかったかのように、その姿を保っている。

わずかにもヒビや亀裂《きれつ》すら入っていない。

「なんで……バカな……」

いつものように激しいツッコミをすることすら忘れて、メイは言葉を失う。

「わかるかい、メイくん」

ブルーの声に、いつもの穏やかさは消えていた。

むしろ、緊張にこわばった色さえ感じる。

「これは禁呪魔法によるものではない」

禁呪魔法も、「魔法」とついている以上、魔法の法則のうちにある。

「より高い魔法の前には効果を失う」――すなわち、強力な攻撃魔法などを放てば、耐えきれず無効化されるのだ。

「今、僕の放った魔法は、攻撃魔法の中でも上級に位置するものだ。通常の施錠を目的とした魔法では耐えきれないはず」

本来ならば扉ごと破壊されてもおかしくないブルーの一撃すら、まるで「なにもなかった」かのように凌《しの》いでいる。

「それって、じゃあ、まさか……」

メイは困惑しつつも、この状況下で考えられる可能性を模索した。

「魔法じゃない……？」

他に、考えられない話であった。

扉には、魔法の力の流れと言えるものがなかった。

そもそも魔法でもなく、さりとてなんらかの物理的な方法でもなく、全く異なる力が作用していたのだ。

だが、それが事実だとしたら――

「陛下、勇者サン、大変ッス！」

そこに駆けつけてきたのは、城の使用人であるゴブリンであった。

「すぐに謁見の間に向かってください！　ゼイリシさんがお呼びです！」

「クゥが!?」

何事が起こったのか、この状況で、決して良いことではないだろう。

わずかに顔を青ざめさせながら、メイは声を放った。


謁見の間――メイとブルーが初めて出会った場所。

その後の、クゥとの出会いも含めれば、全ての「始まりの場所」とも言える。

メイとブルーの二人が駆けつけた時、そこには、真っ青な顔のクゥが立っていた。

「クゥ、どうしたの、なにがあったの!?」

「あ、あれ……」

メイに肩をゆすられながらも、クゥの恐怖に満ちた視線は、一点を向いたままだった。

「なんだと……?」

クゥの視線の先、魔王の玉座の上。

そこに〝映って〟いたものを目にし、ブルーも息を呑《の》んだ。

『お久しぶりです、陛下』

そこには、映像魔法によって映し出されていた、同じくこの場所に因縁を持つ者の一人、元魔族宰相のセンタラルバルドの顔があった。

「アンタは、センゾクイケショウテンガイ!!」

『センタルバルドだ！！！』

思いっきり名前を間違うメイに、大上段に現れたセンタラルバルドは、途端に血相を変えてツッコミを繰り出す。

「わかってるわよ、ニンゲン嫌いのアンタに合わせてやったんじゃない。センタラルバルド」

『くぅ……貴様！』

だが――

こめかみをひくつかせるセンタラルバルドに、メイはニタリと笑う。

そこには一片の好意もない。

むしろ、高圧的に現れた相手の足元をすくってやろうという、邪悪さすらある。

「どの面下げて現れたのよ、元魔族宰相!!」

センタラルバルドは、元は高位魔族の一人であり、代々にわたって魔王家に仕えてきた名門。

それゆえに、彼は凄《すさ》まじいまでの人類種族への差別意識を持つ。

なにせ、メイが「人間に名前を呼ばれるのは嫌だろう」と、わざと名前を間違い続けるという、「気遣い」をするほどであった。

「散々好き勝手やって、ゼオスに身ぐるみ剝《は》がされたアンタが、一体なんの用よ！」

震えるクゥを身近に寄せ、メイは空間に映し出されたセンタラルバルドの映像に向かって指差す。

彼は、二十年にわたってブルーに仕えていたが、その背後で、嫌悪する人類種族の一部と結託し、長期的な不況状態を作っていた。

魔王城が、つい最近まで財政破綻《はたん》一歩手前だった、その元凶とも言える男だ。

「センタラルバルド、さん……」

「あんなヤツに、〝さん〟付けしてやる必要ないわよ」

震えながらも、言葉を漏らすクゥに、メイは強い口調で告げる。

クゥが震えるのも無理はない。

なにせ、その経済状態を改善させようとしたクゥを、センタラルバルドは殺そうとしたのだ。

だがもう一人、彼をさん付けする者がいた。

「センタラルバルドさん……」

最もセンタラルバルドと長い付き合いであった、魔王ブルーである。

『陛下……まだあなたは、そのような物の言い方を……魔王の自覚が薄いにも程がありますね』

ブルーにとっては、センタラルバルドは複雑な相手である。

長きにわたって欺《あざむ》かれ、裏切られてきた相手。

それは同時に、それだけ信じるほど、長い付き合いであった証拠である。

彼にとって、いかに裏切り者といえども、簡単に切り離せる関係ではない。

だが、そう思っていたのはブルーだけであった。

『まったく、救いのない』

憎々しげに口端を上げ、突き落とすような口調で、センタラルバルドは吐き捨てる。

そこには、情の欠片《かけら》もなかった。

「…………………」

なにも言うことができず、ブルーはただ、拳《こぶし》を握った。強く。

「アンタがこのタイミングで現れたってことは。ただの偶然じゃないでしょ」

代わって、再びメイが声を上げる。

「一体何をしたのよ、この騒ぎはなに？」

『…………ふふふ』

にらみつけるメイを前に、センタラルバルドは楽しげに笑う。

『これを見るがいい』

映像が、もう一つ増えた。

「これは……」

怪訝《けげん》な顔をするブルー。

そこに映し出されたのは、魔王城の見取り図であった。

無数にある部屋や倉庫、各種施設が表示されている。

「なんのつもり？」

センタラルバルドの思惑がわからず、眉《まゆ》をひそめるメイ。

だが、同じくその図を見ていたクゥは、あることに気づく。

「これ……もしかして」

見取り図には、矢印が引かれ、なんらかの数字が表示されている。

城内の各種設備は、数百を超すが、その全てに、数字が振られていた。

だが、そのいくつかが、赤く塗りつぶされている。

その位置は、食堂であったり、正門であったり、地下ダンジョンの入り口であったり、そして城内のトイレである。

「お城の中の、異常の起こった箇所……？」

それらは全て、今朝から謎《なぞ》の機能停止状態となっているところであった。

塗りつぶされた箇所には、ことごとく「SOLD OUT」という文字が浮かんでいた。

「売却済み…………」

しばし、クゥは考え、そして――

「…………ッ！！」

顔をこわばらせ、声なき悲鳴を上げた。

『クククッ！！』

それを見て、満足そうに笑うセンタラルバルド。

『わかってくれたようだな。最初に気づいたのが貴様というのは気に食わんが』

どんなとっておきの策略でも、正しく理解してもらえなければ意味はない。

その価値を、どれだけいま魔王城が危機にあるかを、理解されなければ。

「まさか……〝バイシュウ〟を……いえ、〝テキタイテキバイシュウ〟を行ったのですか!!」

『その通りだ、小娘!』

クゥの問いかけに、センタラルバルドは楽しげに、嬉《うれ》しげに笑う。

「な、なんなの? バイシュウ? テキタイテキってなによ?」

困惑しつつメイが尋ねるが、クゥは顔をこわばらせ、それどころか小さく震えている。

説明しようにも、その余裕すら、急には戻らないほどであった。

『細かな説明は、そこな小娘に聞くがいい。ああ、そうだ。この映像はこのまま残しておいてやろう。削り取られる恐怖を、タップリ味わうがいい』

得意満面の表情で、センタラルバルドを映していた映像は消えた。

「なにが……どうなっているというんだ……?」

ブルーは小さくつぶやく。

何が起こっているかは、彼もわかっていない。

しかし、とてつもない事が起きたのは確かなようであった。

「ん……?」

残された城の見取り図、無数に表示された箇所の一つが、新たに赤く塗りつぶされ「SOLD OUT」に変わる。

その箇所は、確か、城内の地下武器庫だったはずだ。

そして、そのすぐ後に、城内の衛兵が駆けてくる。

「大変です陛下！　またしても、扉が開閉不能に!!　今度は地下の武器庫です！」

「なんだって!?」

今しがた表示の変わったその場所に、新たな異常が発生していた。

偶然ではない。

これこそが、センタラルバルドが行ってきた、魔王城への攻撃なのだろう。

「買い取られました……」

ポソリと、クゥはつぶやいた。

「今、この魔王城は、センタラルバルドさんに買い取られつつあるんです！」

魔王城より遠く離れた、人類種族領の僻地《へきち》に、その屋敷はあった。

不動産というものは、意外とあやふやである。

権利者がなんらかの理由で死亡した後、相続者が現れないまま放棄された物件というのは数多い。

いた。


この屋敷もそんなモノの一つ。

そこに、センタラルバルドは勝手に住み込み、アジトとして、「魔王城買取計画」を進めていた。

「うわーはっはっはっはっ！　うわーはっはっはっ!!」

上機嫌の真っ只中《まただなか》であった。

世の中、何が楽しいかと言えば、自分を不必要と追放した者たちが、自分を失ったことで窮地に立たされることほど、楽しいものはない。

「んなこたぁない」と思うかもしれないが、実際多い。

「ザマァ見ろ!!　私をコケにしたからだ！　後悔しろ！　悔やむがいい！　慈悲を乞《こ》え許しを乞え、今さらもう遅いがなぁ!!」

少なくとも、この一度は底辺にまで叩《たた》き落とされた高位魔族の男には、最高の快楽であった。

「楽しそうで何よりね」

皮肉でもなく、むしろ微笑《ほほえ》ましく言う、税悪魔のノーゼ。

「それだけ喜んでもらえると、私としても嬉《うれ》しいわ。やっぱアレよね、自分の働きで誰かを笑顔にしたときほど充実感を覚えるときはないわ」

それはもう、心からそう思っているという笑顔であった。

「…………」

「なに？」

さすがに、一切の後ろめたさなく言い放つ彼女に、ドン引いて冷静になるセンタラルバルドであった。

「ま、まぁいい……しかし驚いたぞ、まさかこんな方法で、魔王城を危機に陥れることができるとはな、考えもしなかった」

屋敷の大広間、そこには、謁見の間に映し出されたのと同様の、魔王城の見取り図が映し出されている。

城内の様々な設備や施設全てに金額が割り振られ、「買い取れる」状態となっていた。

「〝テキタイテキカイトリ〟だったか？　魔族の数千年の歴史の中で、こんな方法で行われた城攻めは初めてであろうな」

ノーゼに拾われたセンタラルバルド。

彼女が提案した、魔王城への復讐《ふくしゅう》方法、それは、「魔王城を買い取る」であった。

「なんとも恐ろしい魔法だ。当人の売買する意思など関係なく、ありとあらゆる万物に値段を設定し、それに応じた金を払えば自分のものにできるとはな……」

これこそが、魔王城内の混乱の理由であった。

城内の様々な設備、扉が開かなくなったり、トイレの水が流れなくなったりなどした現象も、全てこれが原因である。

「ええ、すでに買い取ったあらゆる設備はあなたのもの。故に、あなたとあなたが許可した者以外は使えない」

改めて説明するノーゼ。

扉は壊れたから開かないのではない、鍵《かぎ》が開かないのではない。

「開ける資格がない」者が開けようとしたから、「開かない」なのだ。

「大したものだ。こんな力があったとはな」

「うふふふふ……」

感心するセンタラルバルドに、ノーゼが笑う。

それは嘲《あざけ》りがやや含まれた笑い。

愚か者の無邪気さを嗤《わら》う笑い。

「何を言っているの？　それはあなたが味わったものと同じ力よ？」

「同じ？　どういうことだ？」

「あなた、つい最近まで自分がどういう境遇だったか忘れた？」

「忘れるものか！」

莫大《ばくだい》で膨大な、到底払いきれない税金を請求され、全財産を奪われた挙げ句、値のつくあらゆるものを引っ剝《ぱ》がされた。

中には、本来なら値段のつけようもない、センタラルバルドの「魔族としての力」まで含まれていた。

「あれと原理は同じよ」

「なんだと……?」

ノーゼの言葉に、センタラルバルドは息を呑《の》む。

彼は本来、魔族の中でも「切れ者」と呼ばれた男なのだ。

だからこそ二十年も、宰相の地位を保てた。

「ならばそれは、アストライザーと同じ力ということか……?」

だからこそ、ノーゼの言葉の意味を理解できた。

絶対神アストライザー、この世界を創《つく》りし、神の中の神。

かつてセンタラルバルドが食らったのは、その力〝サシオサエ〟の力である。

「くくくっ……」

緊張にこわばる彼の顔を見て、ノーゼはまた笑う。

今度の笑みは、言うなれば、闇夜《やみよ》を恐れる子どもに向けるそれであった。

「正確には、模倣よ。神の奇跡を真似《まね》たもの」

本来なら神しか使えぬ力故に「奇跡」、しかし、その奇跡の神秘を盗み出した者たちが独自に作り出した、「神の奇跡のまがい物」。

聖なる神の奇跡が「聖なる法」ならば、そのまがい物は「邪悪なる法」――邪法となる。

正道に背きし、邪《よこしま》なる法則の力なのだ。

「あなたたちが使う魔法とは根本的に異なるものよ」

だから、ブルーの魔法をもってしても、邪法の力で「買い取られた」部屋の扉は開かなかった……いや、干渉そのものを弾《はじ》かれたのだ。

「偽物でも奇跡は奇跡。だから、魔族でも人類でも、地上の民の力では、覆すことは無理。絶対にね」

「…………」

目の前の女が、改めて人外──否《いな》、超常の者であることを認識し、センタラルバルドは恐怖する。しかし──

「くはっ……くはははっ！　上等だ」

それを補ってなお余りあるほどの愉悦を、彼は感じていた。

「最高ではないか！　私を苦しめたものと同じ力で、今アイツらが苦しんでいる!!　あはははは、傑作だ!!」

哄笑《こうしょう》の声を上げるセンタラルバルド。

「あらあら……」

その姿を前に、ノーゼはやはり笑みを崩さない。

だがその笑みは、「愚かで救いようのない。でもそれこそが本性」とでも言うかのような、ものであった。

「あら……？」

——と、ここに至って、初めてノーゼの笑みがわずかにかげる。

「あらあら……さすがですわね。さっそく対策を打ってきましたか」

空間に浮かぶ、魔王城見取り図——「買い取り見取り図」とも呼べるものを見て、感心したようなつぶやきをもらした。

「なに？」

同じく、センタラルバルドも見取り図に目を向ける。

ついさっきまで、凄《すさ》まじい勢いで、魔王城の各区域に〝バイシュウ〟をかけていたはずが、その速度が、目に見えて鈍くなっていた。

「さすがはゼイリシの一族……」

すぅっと、ノーゼの目が細まる。

「そうでなければおもしろくない」と言わんばかりの笑みであった。

場面戻って、魔王城——

「邪法って……誰がそんなことを！」

クゥから、邪法〝テキタイテキバイシュウ〟の存在を説明されたメイは、顔をこわばらせた。

「わかりません。わたしも、〝そういうものがある〟としか知りませんでしたから」

センタラルバルドの攻撃を、邪法によるものだとクゥは見抜いた。

クゥの一族、彼らが記した古文書の中に、その存在が記されていたのだ。

「神の奇跡の模倣、とんでもないものです。罰当たりどころの話じゃないですよ」

遥《はる》かな昔に、神の奇跡の秘密を盗み出した者が作ったという偽りの奇跡。

絶対神アストライザーへの、最大の造反とも言える行為。

それを用いるなど、人類種族、魔族問わず、犯してはならない禁忌である。

「全てのものに値段をつけて、『買い取れる』ようにする力なんて……無茶苦茶ね」

呆《あき》れたように、メイは言った。

この邪法の恐ろしいところは、「当人に売る気がなかった」としても、その意思を無視して買い取れてしまうことである。

理論上は、世界中のありとあらゆるものを買い占めることができる。

「ちなみに、いくらくらいで売買されてんのよ、この城」

「そうですね……すでに買い取られた、水洗トイレの使用権は……1億イェンです」

表示されている「買い取り見取り図」の別項目、「売却済みリスト」にはその金額が表示されていた。

「1億!?　トイレ1億!?」

予想外の高額査定に驚くメイ。

「他に、食堂のかまどの使用権が5億イェン。五十ある武器庫は、一つあたり10億イェン。地下ダンジョンの使用権が100億イェンです」

「ご、じゅ、ひゃ！！！」

パクパクと口を閉じたり開いたりするメイ。

すでに買い取られた各種設備には、とんでもない高額が付いていた。

「これがこの邪法の、恐ろしくはあるのですが、あまり使われなかった理由です」

当人の意思を無視した買い取りを行う以上、金額も相応のものとなるのだ。

要は、「札束で横っ面ひっぱたく」力なのである。

故に、その使用には、莫大《ばくだい》な資金が必要となるのだ。

「あのさぁ……ちょっと思ったんだけど」

おずおずと、メイが手を上げた。

「いっそ売り飛ばした方がお得なんじゃない？」

「メイくん!?　一応この城先祖代々の物件なんだよ!?」

とんでもないことを言い出したメイに、ブルーは真っ青な顔でツッコんだ。

「だってさぁ！　大概ボロいじゃないこの城！　買うっていうのなら売って、新築で建て直したほうがいいって!!」

「いやいや、それはさすがに……いやいやいや!!」

一瞬、「アリか?」と考えつつも、慌てて否定するブルーであった。

だが、世の中そう上手《うま》くはいかない。

「いえ、それはできません」

クゥの顔は、緊張を保ったままだった。

メイの破天荒な発言を諌《いさ》めたのでも、倫理的道義的な理由でもない。

「買い取りで支払われたお金は、わたしたちには入ってこないんです」

「はぁ!?」

クゥの言葉に、メイは今日一番大きな声を上げた。

「なんでよ!? 売ったんでしょ? 買ったんでしょ? アタシらの城を。ならアタシたちに入るはずじゃん、お金が!」

「入らないんです。支払ったお金は、邪法の力として変換されているんです」

いかなる儀式も、それを発動させるための動力源となる力が必要である。

なんらかの儀式の際に、生贄《いけにえ》が捧げられるが、それと同様。

邪法〝テキタイテキバイシュウ〟において、「買い取りに支払う金」こそが、その理不尽なまでの強制力の根源なのだ。

「邪法と言われる所以《ゆえん》です。もっとも単純な、売買契約の原則を捻《ね》じ曲げているんですから」

勝手に値を付けられ、勝手に買い取られ、そして一銭も入らない。

「一種の呪《のろ》いだな、金さえあれば、どんな相手のものでも奪い取れるわけだから」

「はい……」

経済とは、水の流れにたとえられる。

「金は天下の回りもの」とはよく言ったもので、自分が使ったなにがしかの金は、回り巡って自分に影響を及ぼすものなのだ。

しかし、この邪法にはそれがない。

「注ぎ込まれた莫大《ばくだい》なお金は、何の意味もなく消えてなくなります。経済の根本、商取引の基礎を否定しているんです」

消えてなくなるわけだから、そこから税金も発生しない。

税制度が世界の根本を司《つかさど》る世界において、「金が消えてなくなる」ことは、まさに邪法の極みであった。

「しかし、そうなると……センタラルバルドさん……いや、センタラルバルド……彼は一体、どうやってそんな力を得たのだ？」

事実を知り、ブルーの顔に、深い影が入る。

「そもそも、彼は〝サシオサエ〟によって全てを失った。どうやって力を取り戻したんだ？」

「それ自体は、そこまでおかしくありません」

　クゥは、その疑問に答える。

「〝サシオサエ〟が執行されて、価値のある物品が〝サシオサエ〟されても、その分の納税を現金で行えば、取られた物は戻ってきます。ですが……」

　確か、センタラルバルドが天界より課せられた税金は、諸々《もろもろ》の違法行為の罰も含めて、一千億イエンだった。

　それだけの金を、どうやって手に入れたのか……

　彼一人で、それを成し遂げたとは、クゥも思っていない。

（誰かが、背後にいる……？）

　その何者かが、邪法の使い方も教えたと考えるのが自然であろう。

「でも、わかった以上、対処方法はあります」

　いつまでも、過日の恐怖に身をすくませるクゥではなかった。

　センタラルバルドの背後関係はわからないが、攻撃手段が判明したのなら、防衛手段も思いつくというものだ。

「それが、これ？」

「はい！」

　問いかけるメイに、クゥははっきりとした声で返す。

すでに、謁見の間は、センタラルバルドの宣戦布告とも言える挑発がなされたときのままではなかった。

むしろ、ここが今の〝テキタイテキバイシュウ〟に抗《あらが》う防城戦の最前線なのだ。

「相手が、この城を乗っ取ろうと買収を仕掛けてくるのなら、対処は簡単です。買いきれなくすればいい、のです」

クゥの前には、大きな事務机が運び込まれ、城内の設備や施設を登録した名簿が積み重なっている。

「あちらがやろうとしているのは買い占めです。この魔王城を、無理矢理自分たちのものにしようとしているわけです」

凄《すさ》まじい勢いで、クゥは名簿にペンを走らせていく。

「な、なにやってるの……？」

なにかの魔導の儀式を展開するかのように、事務処理作業を始めるクゥに、メイは恐る恐る声をかける。

「魔王城の、各設備、施設、とにかく、ありとあらゆるものの分類を、細分化しているんです」

「ぬ、え、む、んんっ？」

聞いても全く意味のわからないメイであった。

「はは ぁなるほど」

そして、こういう時に、一足早く理解するのはブルーである。

「メイくん、キミさ、お店で安く商品を買おうと思ったら、どうする？」

クゥの事務仕事の邪魔にならないように、彼女に代わってブルーが解説を担う。

「え？　そりゃあ……」

腕を組み、わずかに思案するメイ。

「安売りの日に行くとか、閉店前に行くとかかしら」

「まぁそうだね」

「あとは店のオヤジを脅して値段を下げさせる」

「それは……その……今回はナシで！」

油断するとストロングな手段をしれっとした顔で言い放つメイを、ブルーは制する。

「安売り……すなわち、数が多い時。閉店前は、売れ残りがたくさんある時、だね」

この二つに共通するものが、答えであった。

「ふむ……なにが言いたい――あ、数！」

「そう」

当人は、「自分は頭脳労働が苦手」と言いつつも、様々あって経験を積んだからか、メイもこのテの話の察しが良くなっていた。

「安く買おうと思ったら、いっぺんにたくさん買うことだよ。買い物でもそうだろう？」

「そうよねぇ、こんだけいっぱい買ったんだから勉強しなさいよ！　的な感じでね」

納得がいったというメイに、ブルーは続ける。

「なら、高く買わせるにはどうすればいいかも分かるよね」

大量にたくさん購入することで、コストを下げられるなら、一つ一つ個別に……要は「バラ売り」で買えば、価格は高くなる。

「クゥくんは、城内のありとあらゆる施設や設備を可能な限り細分化して再編成しているんだ」

「細分化……って、どれくらい？」

「そうだねぇ」

メイの問いかけに、ブルーはまさにいま作業中のクゥの肩越しに、名簿を覗《のぞ》く。

「今クゥくんがやっているのは、城の書庫の登録変更なんだけどね」

「ああ、あの西側にある、バカでっかいやつね」

魔王城は、初代魔王タスク・ゲイセントが築き、それから千年増改築を繰り返している。

書庫はその中でも、最初期からあった施設の一つである。

「その本棚の一つ一つを、個別に再登録している」

「いいいっ!?」

ブルーの説明に、メイは驚きの声を上げた。

件《くだん》の書庫は、メイも一度覗いたことがあるが、分厚い書物が、巨大な棚に、端から端までぎっしりと並んでいる。

棚の数を数えるのも馬鹿《ばか》らしくなるほどで、早々に撤退したのだが、あの全てを「別設備」扱いで再登録したわけだ。

「〝テキタイテキバイシュウ〟をかけようとしても、書庫を一度に買収するのではなく、棚一つ一つに個別に行うことになる。そうなると……」

まとめ買いなら安くなるが、バラ売りで買えば高くなる。

当然、買収にかかる総額も増える。

「なるほど、相手に無駄金を使わせることができるわけね」

メイの答えに、ブルーはうなずいた。

上手《うま》くいけば、全てを買収する前に、向こうの資金が尽きる。

「……ん？　でもちょっと待って？　もしセンタラルバルドが買収を諦《あきら》めたとして、すでに買われちゃった分はどうなるの？」

そう言うと、メイは表示されている「買い取り見取り図」を指差す。

クゥの工作によって、買い取り項目は爆発的に増えたが、それまでに買い取られてしまった箇所は、城の全設備の三割近くに及ぶ。

「それは……」

そこで言葉が淀《よど》むブルーに代わって、クゥが続けた。

「従来なら、相手が買い戻しを提案してくるんですが、それも難しいでしょうね」

通常の、こういった買収工作の場合、乗っ取りに失敗した時は、買い取り終えた分は無駄になってしまう。

大抵は、買収を仕掛けた側が、仕掛けられた側に、「買い戻してもらう」ことで決着する。

「え〜、ってことは、こっちが一方的に買われて、代金ももらえないのに、お金払って買い戻すの？　大損じゃない！」

理不尽な話に、メイはこれでもかと不満げな声を上げる。

「攻城戦の守り手は、勝っても負けても失うだけなのが基本だが……」

それでも、元々自分たちのものを取り返すために大金を支払うのは、経営難の魔王城には厳しい話であった。が――

「それだけで、済めばいいですが……」

重い顔で、クゥはつぶやいた。

それで決着がつくのならば、損害は激しいが、「まだマシ」なのだ。

もっと、もっと最悪の事態がある。

「この防衛策を張り巡らせてもなお、あちらの資金力が上回れば、対抗手段はありません」

彼女の行った策は、あくまで「対抗策」に過ぎない。

もっと言えば、「相手を根負けさせる」手段でしかない。

もし相手の根が尽きなければそこまでなのだ。

「待ってよ……この調子で、魔王城を乗っ取ろうとしたら、いくらくらいお金かかるの?」

すでに買い取られた部分だけでも、数百億イェンには届こうという金額である。

全部を買い取ろうとするならば、その十倍――いやもっとかかるかもしれない。

「そこなんです。そもそも、センタラルバルドさんは、自分に課せられた一千億の税金を納めることで力を取り戻した。その上でこの買い取り工作です」

今のあの男に、どれだけの資金力があるか、予想もつかない。

このまま彼が、魔王城を買い取れてしまう可能性は、決して低くはないのだ。

「じゃあ、どうすんの……そうだ! 直接本人をぶっ殺す!!」

「最初からクライマックスな思考だなぁキミは」

相変わらず、魔王よりも魔王らしいメイに、ブルーはやや呆《あき》れ顔でツッコむ。

「それもアリかもしれないが、どこにいるかわかるのかい?」

「う?」

そして、改めて告げられたブルーの一言に、メイは固まる。

「おそらく、センタラルバルドは、それを警戒して、映像だけを寄越《よこ》したのだろう。キミとまともに戦って、勝てる相手を探すほうが難しいからね」

「ぐぬぬぬぬ～～～～!!!」

魔族どころか人類種族にまで恐れられ、「悪い子にしていると勇者メイが来るよ」とまで言われるメイと直接対決など、まっさきに回避すべきシチュエーションなのだ。

「一番現実的な方法は、彼の資金源を断つことか……だが、どうやって金を得ているかもわからないのでは、手の打ちようがないな」

腕を組み、思案するブルー。

だが、それもまたクゥの予測の範囲内であった。

「いえ、手はあります」

「本当にキミは頼りになるなぁ」

勇者でも魔王でも対処不可能な問題に、すばやく知恵を絞り出す少女に、ブルーは心から感心した。

クゥには一つ、とっておきの切り札があった。

「ゼオスさんを呼びます」

「は？」

彼女の口から出た名前を聞いて、メイは驚く。

ゼオス——神に仕える天使、それも「税金を司《つかさど》る」ことを使命とした〝税天使〟である。

「なんでアイツの名前が出てくるのよ？」

ゼオスはあくまで、税関係のことでしか動かない。

それ以外は、いつもの無愛想な表情で「管轄外です」と言うだろう。

いくら困っているからと言って、なにかしらの助力をしてくれるとは考えづらい。

「メイさん……センタラルバルドさんが、どんな方法を使ったかはわかりませんが、一千億イェンなんて大金すぎます」

〝テキタイテキバイシュウ〟などという邪法を用いなければ、適正価格ならば魔王城が百個買える金額である。

「どんな方法を使っているかまではわかりません。しかし、まともな方法でないのは確かです。ならば――」

「そうか、違法な手段で手に入れた金……つまり、なんらかの税金逃れが行われている可能性がある！」

クゥの言わんとしているところを察したブルーが声を上げた。

「はい！」

ゼオスはあくまで、税に関することでしか動けない。

しかし、〝テキタイテキバイシュウ〟を仕掛けている者たちが、なんらかの脱税行為をしていたのなら、それを摘発してもらい、金の流れを止めることができる。

防城戦で喩《たと》えるならば、防ぎきれないほどの膨大な敵軍ではなく、その兵士たちの補給路を断つようなものだ。

「でもさぁ」

しかし、そこでメイが疑問を口にする。

「そんな簡単に、あのムッツリ天使呼べるの？　『ちょっと降臨してあの怪しそうな連中のゼイムチョウサして』ってできるの？」

「できますよ」

「ほらね……って、え？」

クゥの答えに、メイは意外そうな顔になる。

「〝ジョウホウテイキョウセイド〟というのがありまして」

「なにそれ？」

「要は……『税金関係で怪しいことをしている人を、通告する』制度です」

「つまりそれって……チクリ？」

いや〜な顔になるメイ。

「いえ、それは違いますよ、メイさん」

しかし、クゥはそれを即座に否定する。

「メイさん、例えば誰かの家に勝手に忍び込んでいる人がいたらどうします？」

「そりゃ、大声で言うわよ、『泥棒だー』って」

「じゃあ、どこかの家が燃えていたら？」

「そりゃ大声で言うわよ、『火事だー』って」

「同じことです」

「あ」

なんらかの異常が起こっていたならば、それを通報するのは、さしておかしな話ではない。

だが、税関係になると、お金が絡むためどうしても後ろ暗いものとなるのも事実であった。

「ゼオスくんも言っていたなぁ、『天界のリソースにも限界がある』と」

ふと、ブルーは、彼女が初めて自分たちの前に降臨した頃のことを思い出す。

天界の天使の数は膨大だが、地上でおこる諸問題はそれ以上。

一つごとに集中しすぎて、全体がほころんでは元も子もない。

〝ジョウホウテイキョウセイド〟は、その抜けを少しでも埋めるための制度なのだろう。

「で、どうやって通告するんだい」

「簡単です、こうするんです」

ブルーに問われ、クゥは身近なところにあった紙を一枚取って見せた。

「ここに……こうと………」

そして、サラサラと、ペンを走らせる。

内容は、さほど複雑なものではない。

「元魔族宰相センタラルバルド氏に違法な金銭授受の疑いがあり」的な内容である。

末尾に自分の名前を書くと、その紙をくるりとまとめ、紐《ひも》で縛る。

そして、筒状になった紙の合わせ目に、紋章を描いた。

「それは……アストライザーの紋章かい？」

ブルーにも見覚えのあるものであった。

「はい、それでこれを……」

その紙の筒を、壁に置かれていた燭台《しょくだい》に近づける。

ロウソクの火が燃え移り、またたく間に紙は燃え上がるが、灰になる前に天井に――いや、さらにその上に吸い込まれるように消えてなくなる。

「これで、完了です」

「思ったより、簡単なのね……」

天界に直接メッセージを送るというから、もっと仰々しい儀式をするのかと思えば、至極あっさり終わったため、メイは肩透かしを食らったような顔になった。

「これ、アタシらが手紙送るより簡単じゃない？」

そこらへんの紙に書いて燃やすだけ……アストライザーの紋章も、いうなれば「宛先《あてさき》」のようなものであろう。

「天界は、わたしたちが思っているよりもずっと、地上の意見を聞いてくれるんですよ」

クゥは専門でないから細かくは知らないが、税金関係以外にも、様々な天使たちが、地上からの報告を受け入れている。

だが、そのことごとくは、通告の仕方を地上の民たちが失念してしまったため、十分に機能していないのだ。

「これで、後はゼオスさんが来るのを待つのみです」

「あの陰険天使のことだから、明日には来るんじゃない」

「メイさん～……」

皮肉げに言うメイに、クゥは苦笑いをした。

「ともあれ、今回は意外とすぐに片がつきそうだね」

今までに起こった騒動に比べれば、ずっと小規模な話だ、とブルーは安堵《あんど》した。


再び戻って、人類種族領のどこかにある屋敷。

「――――と、いったことを考えているでしょうね」

同時刻、魔王城で行われていたやり取りのほぼ全てを、ノーゼは把握していた。

遠隔視や、共感力などの異能の力があるわけではない。

全て、現在の情報から推測したものである。

「頭の良い者は、ある程度未来のことが分かる」と、その昔、伝説の兵法家が言った。

ノーゼの深謀遠慮は、まさにその領域にあると言える。

「おのれい、あの人間の小娘め!!」

そして、クゥの対抗策を知ったセンタラルバルドが、激しい怒りを顕《あら》わにした。

「やはりヤツが元凶だ！　アイツがいなければ、アイツさえいなければ……」

ブルーや、それどころかメイよりも、彼にとっては憎むべき相手、それがクゥなのだ。

「くそっ……厄介なことをしてくれた！　ただでさえ、細分化再登録をされたせいで、買い取り速度が格段に落ちたというのに！」

屋敷内にも、魔王城内に表示されているものと同じ「買い取り見取り図」が映し出されている。

そこに表示されている買い取り項目は、わずかな間で何倍……いや、何十倍にも増えていた。

これでは、買い取りにかかる費用も時間も、激増するのは間違いない。

「気にすることはないわ。お金ならいくらでもあるんだから、無駄なあがきよ」

焦るセンタラルバルドに、ノーゼは悠然と、世界中の誰もがそうそう口にできないことを言ってのけた。

「だが……」

センタラルバルドもそんなことはわかっている。

目の前にいるこの女が、どんな手段で国家予算規模の大金を有しているのか、それは知っている。

　だからこそ、焦っているのだ。

「税天使が降臨し、あのことが明らかになれば、全ては終わりだぞ!!」

「うふふふふ」

　ノーゼは笑う。

　まるで、おばけを恐れる幼子を見るような顔で。

「あなた、ホントにゼオスが怖いのね」

「し、仕方があるまい……」

　傲慢《ごうまん》なまでにプライドの高いセンタラルバルドだが、悔しさに顔をしかめつつも、それは認めざるを得ない事実だった。

　魔族であろうが人類であろうが、彼女には勝てない。

　勇者や魔王でも抗《あらが》えない相手なのだから。

「安心なさい」

　だが、ノーゼの笑みは曇らない。

　それこそ、幼子に言い聞かせるように、彼女は告げる。

「税天使ゼオス・メルは現れないわ。絶対にね」

　それは、口から出任せでも、希望的な観測でもなかった。

それどころか、優秀な頭脳で導き出した、状況予測でもない。
純粋な、事実を告げるものであった。

センタラルバルドの〝テキタイテキバイシュウ〟攻撃が始まって、三日経った――

「どうなってんのよ!!」

今や、前線基地の様相を呈している謁見の間にて、メイは叫ぶ。

「なんでゼオス来ないのよ!!」

税天使ゼオス降臨を待っていたメイたちであったが、一向に彼女は現れなかった。

一日目は、「さすがに翌日は来ないか」と思えた。

二日目は、「おかしいな」と思えた。

だが、三日目でも現れないのは、常のゼオスを知る者たちからすれば、異常な事態である。

「いつもなら、呼んでもいないのにやって来て、いつの間にか背後に立つくらい余裕でやってんでしょ、アイツ!!」

実際そうであった。

音もなく声もなく、時に背後に、時に窓の外に、気づけば現れ、全ての事情をわかった上で、クールな顔を見せていたのだ。

それをある意味で誰よりも知るメイにとっては、叫ばずにいられない異常事態である。

「おかしいです……」

「うむ……」

そして、クゥやブルーもまた、その異常を痛感し、重い顔になっていた。

「通告の手紙は確かに届いたはず……間違いなく、天界に届けられた……なのに現れないということは……」

クゥの脳裏に、悪い予想が浮かぶ。

通告を行ったのに天界が動かないということは、センタラルバルドと、その背後にいる何者かは、〝ゼイホウ〟においての間違いを犯していないと判断されたのではないか。

（それなら……もう、手立てがない……）

あれから三日、クゥの再登録によって、買い取り項目を増やし、魔王城はなんとか乗っ取られずに済んでいる。

しかし、あくまで時間稼ぎ。それでも着々と買い取られ続け、すでに半分以上がセンタラルバルドに乗っ取られてしまった。

城内の宿舎まで買い取られてしまったため、城住みの魔族たちは、廊下に毛布を敷いて急場を凌《しの》いで寝床にしている有様だ。

だが、このままではそれも買い取られてしまう。

城内廊下はおろか、毛布まで奪われるのも時間の問題なのだ。

「ゼオスさん……せめて、姿くらい見せてくれると思ったのに……」

どこかでクゥは期待していた。

あの無表情無感情に見えて、実は情け深い天使が、今回も自分たちに力を貸してくれるのではないかと――しかし、その目論見《もくろみ》は大きく外れたことが、直後に証《あか》される。

「え……」

突如、謁見の間の天井から、光が溢《あふ》れ出す。

「これは、天界の光!!」

いち早く気づいたブルーが叫ぶ。

天界の天使が、地上に現れる時に起こる光である。

「ったく、遅いのよ、あのバカ!」

言いつつも、メイはどこか安堵《あんど》したような口調であった。

「よかった……ゼオスさ――え?」

笑顔で、ゼオスを迎えようとしたクゥ。

しかし、その顔がこわばる。

「クゥ……ごめん、違うの……」

現れたのは天使だった。

だが、ゼオスではなかった。

褐色の肌の、まだ小さな翼の天使――督促天使のイリューであった。

「イリュー……え、なんで……あ、そうか……」

なぜここに彼女が来たかわからず戸惑うクゥだったが、すぐに理由を察する。

督促天使……イリューは、「天界からの借金の返済を促す天使」である。

以前魔王城は、とある事件の結果、天界に金を借りた形になった。

そのため、月に一度イリューが降臨し、支払いを行っているのだ。

「そういえば……もうそんな時期だったね……すまない、忘れていた」

ブルーがすまなそうに詫《わ》びる。

己の職務を果たしているだけのイリューに、勝手に落胆してしまったのだから。

だが、イリューは、首をふるふると振って、むしろブルー以上に申し訳なさそうな顔になっていた。

「……ち、違う」

「イリュー……どうしたの？　なにがあったの？」

心配げに、クゥは尋ねた。

彼女は、クゥにとって大切な友人だ。

こんな事態でなければ、お茶とお菓子を楽しみながら、とりとめのない会話に花を咲かせていたことだろう。

「ゼオスさんが……ゼオスさんが……」

だが、それを許す事態ではないのは、イリューも同様であった。

「なに!?　ゼオスがどうしたの！」

「ひっ！」

思わず、摑《つか》みかからんばかりに問い詰めるメイに、イリューは縮み上がってしまった。

「メイくん、焦らせちゃいけない」

それを、とっさに諫《いさ》めると、ブルーは落ち着かせるように向き直る。

「イリュー？　大丈夫、ゆっくり、落ち着いて……なにがあったのか、教えてくれるかい？」

「あ、あう……」

イリューは元々、おしゃべりが得意な方ではない。

なにより、彼女自身が慌てていて、混乱している。

息を吸わせ、吐かせて、一つずつ、ゆっくりと頭の中を整理させる。

「ゼオスくんに、なにかあったんだね？」

「うん……」

「それをキミは教えに来てくれたんだね。ありがとう」

「うん、えっと、どういたしまして……」

なにが起こったか、少しでも早く知りたいのはブルーも同様であったが、こんなときほど急《せ》かせば却《かえ》って伝わりづらくなる。

根気よく、丁寧に引き出すように、問いかける。

「私……すぐに教えたかったけど……と、トトさんも……勝手に地上に降りれなくて」

「そうか、トトくんは元気かい？」

「う、うん……でも、大変だって」

トトとは、ゼオスの同僚の査察天使の名である。

ゼオスと異なり、陽気で人当たりがよいが、その彼女も焦っているとは、かなりの大事なのだろう。

「そうか……キミたち天使も、理由なく地上には降りられないものな。だから、キミが来てくれたんだね、イリユー？」

「う、うん、うん！」

嚙《か》んで含めるように、そして、名前をはっきりと呼ぶ。

どうやら、ゼオスになんらかのトラブルが発生し、それはブルーたち魔王城の一同にも関係があること。

本当は先の通告書が届いてすぐに知らせに駆けつけたかったが、勝手な降臨ができなかったため、「月に一度の借金の取り立て」の役目を持つイリユーが、知らせに来たのだ。

「ゼオスさん……封印されたの、罪を犯したから……」

「なんだって……！」

ようやく、イリューの口から本題が告げられた。

「ゼオスさん……天使がしちゃいけないことをしちゃったって……それで、その罰で、封印刑っていうのにされたの………だから、クゥたちのところに来られなかった」

「なんという……一体、彼女が何をしたと言うんだ……？」

信じられない話であった。

あのカタブツと生真面目が服を着て歩いているようなゼオスが、罪を犯す？

天使であるということを差し引いてもありえない。

全ての天使が罪を犯し、ゼオスだけが無罪であったという方が、まだ分かる。

「ありえない……アイツがそんなことするなんて……何の罪を犯したの？」

過剰に刺激しないように、声を抑えて、メイが問う。

「あの……えっと……〝ショッケンランヨウ〟だって……」

「職権乱用!?」

それを聞き、メイが声を上げる。

職権乱用――己の職分を、私的に利用する行為である。

所属する組織の利益のためでなく、私益のために権限を悪用する。

そんなこと、それこそゼオスが絶対にやらなそうなことである。

「絶対なにかの間違いよ！　ゼオスさんが、そんなことするわけがない!!」

思わず、声を荒らげる。

「ちょ、ちょっとクゥ、落ち着いて……！」

いつもならば制される方であるメイが、落ち着かせようとするほどの姿であった。

「でも、本当なの……ゼオスさんも自分で認めたって……」

「そんな……」

震えながらも答えたイリューの言葉に、クゥは改めて愕然《がくぜん》とする。

「ゼオスさんに、なにがあったっていうの……」

目を泳がせ、つぶやくクゥ。

その言葉に、誰かが答えた。

「そこまでだ、地上の民よ」

それは、その場にいる誰の声でもなかった。

太く、鋭く、重い、雷鳴のような声であった。

「誰!?」

とっさにメイが、腰に下げた剣の柄《つか》に手をかけるが、それすらも見通していたように、再び雷鳴のような声が轟《とどろ》く。

「落ち着けい！！！」

直後、今度は本当に雷が鳴り響く。

それもただの落雷ではない。

万の銅鑼《どら》を一斉に叩《たた》いたかのような轟音《ごうおん》が鳴り響き、千の山が噴火したような振動が城内を覆った。

「な、なによなによ⁉　なにが起こってんの⁉」

すでに、地響きなどという生易しいものではない。

大地全てを揺るがす地震が起こっていた。

そして、またしても天井に光があふれる。

「天使……別の天使が降臨しようとしているのか！」

光を見上げ、ブルーが言う。

今度のそれは、先程のイリューのときとは比べ物にならない。

まぶたを閉じても、その上を手で覆っても防ぎきれない、星がそのまま大地に降りてきたような輝きである。

「ぬうううううううんっ！！！」

しばしのち、ようやく光の奔流は落ち着き、それでもなお、まぶしさに痛みすら覚える目を向けると、そこにいたのは、伝説神話の中でしか目にしないような、巨軀《きょく》の男であった。

ただ立っているだけで十二分に異様であり異常なのだが、加えて、背中には三対六枚の羽が広がっている。

天使である。

それも、イリューはおろか、ゼオスやトトといった、今までブルーやメイたちが会った天使たちよりも、遥《はる》かに格上の、もはや神の一柱を名乗っても許されるほどの。

「ふしゅるるるるぅ〜………」

百万の悪鬼すら調伏しそうなほどの雄々しき彫りの深い顔立ち。

その口元から、暴風のように息を吐くと、その天使は城全てを揺るがすほどの大声を出す。

「我が名は、絶対神アストライザーに仕えし、四大天使が一……愛天使ピーチ・ラヴである！！！！」

それは、名乗りであった。

「「「…………………」」」

メイ、クゥ、ブルーの三人は、揃《そろ》って固まった。

この世界を創造した、神の中の神、絶対神アストライザー。

そのアストライザーに仕えし、「天使の中の天使」たる四柱の天使がいる。

信心深くないメイでも知っているくらいの、超絶メジャーな天使である。

それぞれが、東西南北と、そして正義・智慧《ちえ》・慈悲、そして愛を司《つかさど》る。

特に愛天使は人気が高く、世界中の多くの芸術家がその姿を様々な形で描き、聖者が誕生し

た際、その祝福に降臨した像などは、人類種族領の大神殿の最も目立つ場所に飾られ、多くの民に崇敬の目を向けられている。

その姿は、大概が、美しい髪をたくわえた、母性的な美女の姿で描かれていた。

それが、筋骨隆々なマッチョマンだった。

共通するものといえば、髪が長いくらいである。

ちなみにアゴが割れている。

これが、世界の愛を司《つかさど》る者だと言われ、正直、三人は、何も言えなくなった。

「督促天使イリューよ!!!!」

そんな三人をよそに、愛天使ピーチ・ラヴは、震えるイリューの名を呼ぶ。

「汝《なんじ》!! 自身の職分を外れ、地上の民に天界の事情を伝えに走ったな!!!」

ぷるんと、なにかが揺れる音が聞こえた。

それが、割れたケツアゴの音だと気づいた時、メイはちょっと泣きたくなった。

「お、お許しください。愛天使様……!」

怯《おび》え、すくみ、その場に跪《ひざまず》き頭《こうべ》を垂れるイリュー。

全身を震わせ、歯をカチカチと鳴らしている。

無理もない話である。

こんな筋肉モリモリマッチョマンに怒鳴りつけられて、震えない者のほうがおかしい。

むしろ失神して意識を失わないだけ大したものである。

ブルーは、紙に花丸を描いて切り抜いて、ピンを付けて「よくがんばったで賞」の勲章を作ってその勇気を称賛したい気持ちになった。

あとちょっと泣きたくなった。

「だが、イリューよ……その汝の友を思う気持ちも、わからぬわけではない。天使としては褒《ほ》められぬ行為だが、汝の友愛の心は、この愛天使ピーチ・ラヴ、たしかに見届けたぞ」

「愛天使様……」

打って変わって、微笑《ほほえ》み、優しい声をイリューにかける。

愛天使に相応《ふさわ》しき、慈愛に満ちたオーラが、謁見の間を包み込む。

そのオーラは、目に痛いほどのピンク色であった。

正確にはピーチ色であった。

クゥはもう泣いていた。

「さて、では帰るぞ、イリューよ」

言いたいことは全て言い終えたのか、愛天使ピーチ・ラヴは、イリューの手を取り、天に昇ろうとする。

「ま、まったー!!」

唖然《あぜん》としていた三人であったが、かろうじてメイが我に返り、声を上げた。

「なんだ、地上の民よ」

バッサバッサと翼をはためかせながら、ピーチは視線を向ける。

「くっ、風圧すげぇ……じゃなくて！　こっちの話がすんでないわよ！　ゼオスはどうなったの？　封印刑ってどういうこと!?」

天使の翼は、あくまで彼らが有する神力のシンボルであり、物理的に揚力を生み出して飛んでいるわけではないのだが、その理屈を超えて、ピーチの翼は物理的影響を及ぼしていた。

「むううううんっ!!」

割れたアゴを震わせながら、愛天使が唸《うな》る。

「控えい地上の民よ！　なんの理由もなく、天界の事情を地上の民に話す道理はない!!」

「ぐぬぬぬぬぬぬ!!」

日頃我儘三昧《わがままざんまい》我田引水なメイであるが、役者が違った。

圧倒的なピーチの「気迫」を前に圧《お》され、抗弁の糸口もつかめない。

しかし――

「あります、理由なら、あります!!」

今度はクゥがありったけの勇気を振り絞って叫んだ。

「わたしたちと、ゼオスさんは、トモダチだからです！！！」

小さな体で、人形《ひとがた》の巨大サイクロンのようなピーチに、少女は挑む。

「いや、あのクゥ……それ理由になってなくない？」

「クゥくん……さすがにちょっと無理かも……」

まともなやり取りならば、「だからなんだ」と言われそうな発言に、メイとブルーは困惑した顔となるが……

「ぬううううううん！！！！」

再び、愛天使ピーチ・ラヴは唸る。

「うわぁぁあ〜〜〜」

ついに耐えきれずふっとばされるメイと、そのメイを支えようとして一緒に飛ばされるブルー。

だがなぜか、一番体が小さく、力の弱いクゥだけはそのままであった。

「道理！！！」

そのクゥを見て、ピーチが叫ぶ。

「当然である！！！　友の窮地を知り、それを問いたださんとする!!　当然のこと！！！　この愛天使ピーチ・ラヴ……失念しておったわ！！！」

城内の空気がビリビリと震え、天井や床や、大人が三人がかりで手を繋《つな》がねば回らぬほどの太さを持つ柱すら軋《きし》みだしていた。

「天界と地上……広がる隔たりはあれど、それを超える、友愛の精神！！！　素晴らしい!!」

叫ぶや、愛天使の双眸《そうぼう》から、滝のごとく流れ出す涙。

「え〜っと……」

壁にぶつかって倒れたまま、メイとブルーはなんとも言えない気持ちになった。

「そういえば……人類種族領に、バルトゥイート川ってのがあってね……」

大陸でも有数の大河として、人類のみならず、魔族にも知られている。

「その川、その昔、幼子がたった一人で千里の果てにいる母親を探して旅に出たことを知った愛天使の涙でできたとか言われてんのよね……」

どこの世界でも存在する、大自然の偉大さに、神聖性が加味されて出来上がる神話である。

「でもさぁ、確か……バルトゥイート川って……よく洪水起こるんじゃなかったっけ」

「うん」

ブルーの返事に、メイはさもありなんという声で返す。

もしかして、過去にピーチと出会った誰かが、荒れ狂い氾濫《はんらん》する大河を見て、かの愛天使の涙の半端なさを連想したのかもしれない。

「よかろう地上の民よ……汝《なんじ》の友愛の心に免じ、語ってやろうかよ」

「本当ですか！」

ともあれ、クゥの思いにほだされたピーチは、ようやく事態の説明を了承した。

「税天使ゼオスは、職権乱用の罪を犯した。我ら天使は、絶対神アストライザーの意思代行者。

であるにもかかわらず、自分の目的を果たすために動けば、それは神に逆らう罪となるのだ」

「ゼオスさんが……なにをしたっていうんです？」

それこそ、最も気になる内容であった。

あのゼオスが、「職権乱用が禁忌」であることなど、わかっていないわけがない。

「……汝ら、先に、ボストガルという街にて、ゼオスと接していたな？」

「え、あ、はい……？」

いきなりボストガル事件でのことを持ち出され、クゥは戸惑った。

魔族と人類種族だけでなく、エルフ族まで巻き込んだ交易トラブル。

難題をなんとか乗り越え、ようやく三方が丸く収まる形で決着がついた。

「あれが、なにか関係あるんですか？」

「ゼオス・メルは、その際、汝らの契約の公証人となったな？」

「はい……」

長らく、結果として「人類種族たちに欺《あざむ》かれていた」なエルフ族と、新たな商取引を締結するには、エルフにも人類にも魔族にも属さない中立の存在の立ち会いが必要であった。

クゥたちは、それをゼオスに頼んだのだ。

「あれが問題であったのだ」

「そんな！」

ピーチの言葉に、クゥは身を乗り出す。

「公証人は〝ゼイホウ〟とは異なる領域ですが、ゼオスさんは公証人の資格を有していると言ってました！　違法なことはしていません」

「違う、違うのだ、人の子よ」

まるで自分自身の身を裂かれたように悲しむクゥに、ピーチは辛《つら》そうな顔になる。

「やはり……そうだったか……」

話を聞いていたブルーが、小さく息を吐いた。

「どういうことよ？」

「もしかしてとは思ってたんだがね……」

問いかけるメイに、ブルーは説明する。

「天使は、導くものだ。困難や障害を前にした者たちを見守り、乗り越えるための方法の、ヒントは示すが、答は与えない。それでは、試練を乗り越えたことにならない」

あの時、ゼオスは自身が、天界の公証人の資格を有することを、自ら告げた。

答を、与えてしまったのだ。

「あの一件では、ゼオスくんは干渉が過ぎた……彼女らしくないと言ってもいい」

ゼオスが自ら公証人に名乗り出た時、ブルーはその問題を危惧《きぐ》した。

しかし、常に深く物事を考える彼女なら、それも含めなんらかの意図があるのではと考えたのだが……

（もしかして……その危険を冒さねばならないほどの理由があったということか？　それは、まさか……）

「じゃあなによ…それって、アイツ、アタシらのために、やらかしちゃったってこと……？」

常のメイには珍しいほど、重い声で尋ねられ、ブルーは考えかけていたことを一旦止める。

「まぁ……そう、なるかな……」

「なによそれ……」

愛天使ピーチ・ラヴは、その彫りの深い顔の眉間《みけん》に、さらに深くシワを寄せながら続ける。

「クゥ……とか言ったな、人の子よ？」

「はい……」

ピーチは、落ち着かせるような声で……それこそ、先ほどの混乱していたイリューにブルーがしたような口調で語りかける。

なぜなら、クゥは知らず、涙を流していたからだ。

「ゼオスさんが……わたしたち……いえ、わたしのせいで……」

自分のせいでゼオスは罪に問われ、刑に服している。

にもかかわらず、そのことも気づかず、自分は、安易に助けを求めた。

それどころか、現れないゼオスに、「なにがあったのだろう」と呆《ほう》けたことを思っていた。

自分が、もっと上手《うま》く立ち回っていれば、こんなことにならなかったのに!!

「気に病むな、とは言わぬ。だが、ゼオス・メルは覚悟の上での行為だ。汝《なんじ》らに告げなかったのも、余計な気を使わせぬためだ。わかるな?」

「はい……」

ピーチの言葉に、クゥはうなずく。

わかる。わかってしまう。

だからこそ余計に自分が許せなかった。

「ゼオス・メルは、一切の抗弁をしなかった。黙って、全ての罪を受け入れ、罰を受け入れた。まったく……もう少し違う言い方をしたならば、やりようもあったのだがな」

後半は、誰に言うでもない、ピーチ自身の心情の吐露であった。

天使の中の最高位の大天使にすら、「融通がきかない」と思わせるほどの生真面目さ。

それが、ゼオス・メルであった。

「ゼオスさんの罪は、どれだけ重いんですか!　どうなったんですか……もしかして……」

「落ち着け、クゥ・ジョよ」

今こうしている間も、ゼオスは罰を受けている。

それを思えば、落ち着いてなどいられないクゥに、ピーチは言う。

「ゼオス・メルが受けているのは、〝封印刑〟だ」

「イリューも言っていましたけど……それは、どんな刑なんですか？」

人類にも魔族にも存在しない天界の刑罰であろうことはわかったが、具体的な内容は想像もつかない。

「文字通り、封じられる刑だ。反省が成ったと判断されれば、封印は解ける」

「それは、いつまで……？」

「自らの罪を省みるまでだ。一年かもしれんし、十年かもしれん。いや、百年、千年の可能性もある。それ以上もな……」

「――――!!」

言葉を失い、クゥは崩れ落ちる。

もはや魔王城の買収を食い止めることも不可能となった。

全て自分のせいだと、彼女はその背に、罪を一身に背負っていた。

「ちょっと待ちなさい!!」

だが、それに異を唱えるものがいた。

「それじゃ困るのよ！」

声を上げたのは、メイであった。

歯を軋《きし》ませ、激しく睨《にら》みつけながら、ピーチに迫る。

「おいおいおい、メイくん！　物騒なことはやめるんだ！」

思わず止めるブルー。

ピーチに向かって無礼だという話ではない。

相手は、ゼオスよりも遥《はる》かに格上な、大天使である。

逆らって勝てる相手ではないのだ。

「うっさい、黙ってなさい！」

だが、メイは止まらない。

「ふえ!?」

崩れ落ちていたクゥを抱き上げ、無理やり立たせ、自分の横に立たせる。

「アンタたち天界の都合はわかったわ。でも、ウチにもウチの都合がある！　アイツがいないと困るのよ！　その封印刑、中止にしてよ!!」

「め、メイさん〜〜〜〜!?」

大天使相手に堂々と、刑罰の中止を迫りだした。

「ったく！　ホント腹立つわ！　こっちが頼んだ？　そんなの！　勝手に出しゃばって、勝手にやらかして！　こっちが必要な時に来られませんなんて、困るのよ！」

激しい怒気を込めた声で、悪口雑言を並べ立てる。

「メイさん、いくらなんでもそれは、ゼオスさんは……！」

クゥが声を上げるが、メイは止まらない。

「だってそうでしょ？　慣れないことすんじゃないわよ！　普段クソ真面目なヤツほど、いざって時にはこうなのよ！　無理して、全部ひっかぶって、潔く刑に服す？　ざっけんなってのよ!!」

言いながら、メイは震えていた。

その感情は、間違いなく怒りなのだろう。

それも、ゼオスへの激しい怒りであった。

「ふむ……？」

傲岸《ごうがん》極まりないメイの振る舞い。

しかし、愛天使ピーチ・ラヴは、怒るどころか、興味深そうに、さらに言えば、微笑《ほほえ》ましく眺めている。

「な、なによ……」

「汝《なんじ》、愛に溢《あふ》れておるな」

「はぁ!?」

不審がるメイに向けた言葉は、なんとも素《す》っ頓狂《とんきょう》なものであった。

「友愛、親愛、敬愛……そうか、汝は、ゼオスが自分ひとりで全てを背負ったことに憤《いきどお》っておるのだな」

「な、なにを……！」

口とは裏腹に、メイの顔は真っ赤に染まり、ピーチの言葉を肯定していた。

「友だちなのだから、少しくらい相談しろと……なるほどな、あのカタブツで知られたゼオス・メルが、随分とおもしろい縁を結んだものだ」

メイの怒りは、ゼオスへのものだった。

だがそれは、彼女が、「自分たちを頼らなかった」ことへの怒りだったのだ。

「なに勝手なこと言ってんのよー！　このマッチョ天使!!」

「照れるな照れるな。我は愛天使ぞ、全ての愛を司《つかさど》る！　我に見抜けぬ愛はない!!」

それこそ照れ隠しに怒鳴りつけるメイであったが、ピーチはそれすらも心地よさげに快活に笑っている。

「だから……ってか、ホントにアンタ愛天使なの？　筋肉司る筋肉天使なんじゃないの？もしくはアゴ割れ天使！」

「むぅ？　疑うか……ならば見るが良い」

言うや、ピーチは横向きの姿勢を取り、左手を右手首に添え、「ふん！」とばかりに構え
――サイドチェストポーズを取る。

「どうだ!!」

アピールされた胸筋が、ピクピクっと震える。

「どうだじゃねーわよ!!」

「分からんか？　この愛が？」

「わかるかぁあああ！！」

全力でツッコむメイだが、相手のボケが強すぎて手応えがない。

「ふふふ……そうか、我が愛天使と思えぬというのなら……一つ行動で示してやろう？」

「だから……マッチョポーズは――」

もういい、とメイが言いかける前に、ピーチは言った。

「慈悲の一つも示してやろうと言うておるのだ。ゼオス・メルを解放するチャンスを与えてやろう」

「!?」

思いもよらず出てきた提案に、メイは――いや、メイだけではない、クゥもブルーも目を見開く。

「ほ、ホントですか……？」

問い直すクゥに、ピーチは割れたアゴが震えるほど笑いながら返す。

「うむ、ただし……汝《なんじ》らにその気があれば、だがな」

言うや、ピーチは片手を掲げると、「ふんっ！」と一声上げる。

「出よ！」

空間が歪《ゆが》み、巨大な水晶が、魔王城謁見の間に現れる。

それは、美しい薄青色の、人一人が入れそうなほどの大きさであった。

人一人が入れそうな——など、モノの大きさを喩《たと》えるときには、あまり出てこないだろう。

だが、そう表現せざるを得なかった。

なにせ、その水晶の中には、渦中の人物、ゼオス・メルその人が入っていたのだから。

「ゼオス……！」

その姿を見て、メイは苦痛を負ったように、顔を歪《ゆが》ませた。

「これが、封印刑だって言うの……？」

刑の内容はわからなかったが、おそらくは何処《いずこ》かに収監され、反省とやらが終わるまでそこに閉じ込められる——そういった類《たぐ》いのものだと思っていた。

実際は、まさに文字通りの「封印」——水晶の中のゼオスは、まるで自分自身を抱え束ねるように、両の手で己の両肩を抱き、身動きしていなかった。

「ちっ!!」

一息吐くと、メイは腰の〝光の剣〟を抜き放ち、一足とびに水晶に向かって斬《き》りかかる。

だが、刃《やいば》は一寸も食い込まず、斬撃《ざんげき》音すら生じない。

「なにこれ……手応えがない……！」

「無駄だ」

残念そうな声で告げるピーチ。

「この水晶は、物質的なものではない。今、ゼオス・メルの周囲の空間は時間が停止されている。その結果、空間が凍結結晶化しているのだ」

ありとあらゆる「変化」は、「時間の進行」があってこそ発現する。

「破壊」もまた、「変化」の一種。

故に、止まった時間の中では作用しない。

「愛天使殿、封印刑とはなんなのですか？　ゼオスくんは今、どうなっているのです？」

「言ったであろう、『己を省みる』と……ゼオス・メルの時は止まり、彼女は今、自分の記憶の奥底に沈んでいる」

ブルーの問いに、ピーチは重い顔で返す。

「天使は、天使として生まれた者たちもいるが、かつては別種族で、転生して天使となった者たちもいる……」

その言葉に、イリューがわずかに震える。

彼女はかつて、とある魔族に作られた「生きる呪《のろ》い」であり、その魔族の持つ財宝の守り手の役目を押し付けられていた過去を持つ。

「天使となって後の、その者たちの使命は、多くが前世での生き様に影響を受ける。ゼオス・メルは天使となる前、人間であった頃の記憶を己の中で追体験し、なぜ自分が天使になることを望んだか……それをもう一度思い出している途中なのだ」

封印刑は、ただの懲罰ではなかった。

ゼオスが犯した過ちは、「職権乱用」――すなわち、天使の使命に背く行いをした、ということである。

それを反省させるために、「己がなにゆえに天使になることを望んだか」それに至る自分の過去と向き合わされているのだ。

「精神世界……ということですか？　その中に、ゼオスくんはいる……」

「うむ、そうなるな」

「なんということだ……」

ピーチの返答に、ブルーの顔が険しくなる。

精神世界は、時の流れが異なる。

中の一年が外では一秒のときもあれば、中の一日が外の百年となることさえありうる。

ゼオスは、ブルーたちが知る限りでも、千年以上天使として活動してきた。

彼女が人間であった頃となると、さらにその前――それだけの膨大な年月を振り返っている真っ最中なのだ。

「これでは確かに、いつ彼女が覚醒《かくせい》するかもわからないわけだ」

場合によっては、百万年先でもおかしくない。

寿命というもの自体、あるかもわからない天使たちだからこそ科せられる刑罰と言えよう。

「今のままではそうだ……外部からの刺激は、時が止まっている故に不可能。だが、内部からならば、刺激を与え、覚醒を早めることはできる」

「それは……まさか！　誰かがゼオスくんの精神世界に入り、覚醒の手助けをしろということか!?」

　ピーチの提案に、ブルーは驚きの声を上げた。

　彼自身も一度、他者の精神世界に入ったことがある。

　それ故に十分理解している。

　それがどれだけ、リスクの高いミッションであるか——

「わかったわ。やってやろうじゃない」

「メイくん！」

　しかし、メイはそれを即答し、承諾した。

「キミはわかっているのか？　精神世界は、現実の物理法則が通じない、つまり——」

「こっちからあっちに武器は持ち込めない。魔法も使えない、でしょ？」

「わかっていて……」

　メイは、リスクなど全てわかった上で、即断し、即決し、即答していた。

「アタシはあのバカ天使に文句言いたいだけよ」

「メイくん……」

愛を司《つかさど》る天使のピーチが、メイを「愛にあふれている」と評したのは正しいと、ブルーは改めて痛感した。

己の危険も全て理解した上で、彼女にはその選択を「選ばない」理由にはならないのだ。

「わかった……なら、僕も行こう」

「はぁ？」

驚くメイに、ブルーは苦笑いをしながら返す。

「このままじゃキミは、精神世界の中でゼオスくんをぶっとばしかねない。止める役が必要だ」

精神世界での危険は、〝光の剣〟などの武器を持ち込めない、魔法が使えない――だけではない。

あの中で死ねば、魂が死ぬ。

魂が死ねば、肉体も滅ぶ――すなわち、完全な死となる。

「アンタ……わかってんの？　一応魔王なんだから、なんかあったら、どうすんのよ」

当然、メイもそれは知っている。

知っている上で、ブルーまで共に行けば、「最悪の事態」になった時、取り返しのつかないことになる。

「うん、まぁそうなんだけどね………」

ブルーは魔族を統《す》べる者――「魔王」である。

彼が死ねば、間違いなく魔族は大混乱に陥る。

「……！」

ちらりと、ブルーはクゥに視線を向ける。

「このままじゃどちらにしろ、僕は魔王のままではいられないようだしね」

メイに言いつつも、その言葉には何かを確認するようなものが含まれていた。

そして、メイには見えなかったが、それを肯定するように、クゥは小さくうなずく。

「だとしたら、僕一人がこもっててもしょうがない。一緒に行ったほうが、キミの危険の可能性も減らせる。そうだろ？」

「そりゃそうだけどさぁ……」

言われてなお、メイは困惑する。

「それに、大切なハニーだけを、危険な目に合わせるわけにはいかないさぁ！」

「ハニー言うな」

「ごふっ!?」

重い空気を変えようと軽口を放ったブルーだが、即座に拳《こぶし》を伴ったツッコミが発動した。

「ははは……ま、そういうことだ。いいよね」

「ったく、好きにしなさい」

ため息を吐《つ》きつつ、メイは承諾した。

「では愛天使殿、僕らを、ゼオスくんの精神世界に送ってください……頼めますか？」

「うむ……」

うなずくと、愛天使は手を掲げ、メイとブルーの二人に向ける。

「その前に……」

これだけは言っておかねばならないというように、ピーチは告げる。

「一つ言っておく。今回我が手を貸すのは……これはあくまで、愛天使の職務ゆえの、汝《なんじ》らへ与える試練だ」

天使は、導くことはあっても、直接手助けはしない。

それは、大天使であっても同様である。

「硬いわね……まぁ見た目通りだけど」

呆《あき》れた顔でこぼすメイであったが、天使たちには重要なのだ。

そして、これはさらに別の意味も有していた。

「ゆえに、汝らをゼオス・メルの精神世界に送るまではするが……その先の手助けは一切行わん。さらに言えば……」

ピーチは、わずかに謁見の間を見渡す。

そこには、今このときも侵攻が続いている、魔王城の〝テキタイテキバイシュウ〟が表示されている映像が浮かんでいる。

「他のことも、我は関与しない」

以前のボストガルの一件同様、これ以上は「地上の民の問題」——天界は介入せず、いかなる結果になろうとも、これ以上の助力はしないという、宣言であった。

「わかってるわ……こんだけお膳立《ぜんだ》てしてくれただけ、感謝するわよ」

半分皮肉げに、そしてもう半分は、感謝を込めて、メイは言う。

外見こそ強面《こわもて》だが、やはり愛天使の名は伊達《だて》ではない。

メイやクゥのゼオスへの思いに感じ入り、ピーチ・ラヴは、自分の裁量でできる限界まで、力を貸してくれたのだ。

この宣言も、「これ以上はなにもしてやれないから、油断するな」という、一種の警告なのだろう。

「クゥ……」

それを理解した上で、メイは改めて、クゥに向き直る。

「そういうことだから、ちょっと行ってくるわ。まぁすぐに戻ってくると思うけど……それまで、お願い……できる？」

自分たちがいない間、たった一人で、魔王城をセンタラルバルドから守らねばならない。

それは、とてつもない重責である。

「大丈夫です！」

しかし、クゥは不安の色など欠片《かけら》も見せず即答する。

「わかった……頼むわ！」

「はい！」

笑顔で言葉を交わすと、再びメイはピーチの方を向いた。

「お願い」

「うむ！」

ピーチが両手をかざし、左手をメイに、右手をブルーに向ける。

「はぁっ！！！」

城内を揺るがすほどの一声の後、両の手のひらからまばゆい光が溢《あふ》れ出す。

その光に包まれたメイとブルー二人の体から、なにかが飛び出し、ゼオスが封じられている水晶に流れ込んだ。

それこそ、二人の精神なのだろう。

光が収まると、そのままメイとブルーは、文字通り「魂が抜けた」ように、その場に倒れた。

「イリューよ、適当なところにあの者たちを運んでやれ」

「は、はい……！」

ピーチに言われ、イリューは慌てて、倒れた二人に駆け寄る。

天使は、地上の民に直接的な手助けはしてはならない。

（なにせ、な……）

とはいえ、この程度は許容範囲内であろう。

割れたアゴをなでながら、愛天使は残されたクゥに視線を向ける。

「………!!」

もはや、わずかな時間すら惜しまれる、孤高の防城戦を任された少女が、そこにいた。

第三章　大乱の世界

Brave and Satan and Tax accountant

そこは、だだっ広い平原であった。

見渡す限りさえぎるものはなにもなく、地平線の向こうからだって動くものがあればわかるほどの、無人にして無尽の荒野であった。

そこに、走る二人の男がいた。

「走れー！　走れタスク!!」

「無理やザイ兄、僕もうアカン！　死ぬ！」

タスクと呼ばれた少年と、ザイと呼ばれた青年の二人。

兄弟――というわけではなさそうだった。

二人は互いの髪の色も目の色も、身体的特徴に似通ったものがない。

だが、頭部に生えた角から、それぞれ魔族であることは分かる。

「ひぃはぁひぃはぁひぃはぁ……ごめん僕もう限界……」

少年タスクが、ついに力尽き倒れる。

「バカヤロウ！　気合い入れろ！　死ぬ気で走れ！　死にてぇのかお前！」

「せやかて兄ちゃん……多分、僕は最悪せっかんで済むけど、死ぬのは兄ちゃんだけやん」

「テメ、そういう意地汚ェ打算働かせてやがったのか！」

どうやらこの二人、何者かに追われているようであった。

しかも、その境遇はことなり、少年タスクは捕まっても死にはしないが、青年ザイの方は、かなりヤバい目に遭うのは避けられない……ということらしい。

「死ぬも生きるも一緒だと言っただろう！」

「ゆーてへん！　僕そんなんゆーてへん！」

胸ぐらを摑《つか》んでザイに持ち上げられ、タスクは泣きながら反論する。

「バッキャロウ……てめぇをあの女に渡すくらいなら、ここでお前を殺《や》っちまった方が禍根が残らねぇだろ……」

「兄ちゃんの方かてとんでもない打算働かしとるやないかー！」

両者ともに醜い言い合いを始め、嚙《か》みつき、ひっかき、引っ張り合っての大げんかを始める。

――と、そこに、なにかが現れる。

「やべぇ、んなことしてる場合じゃねぇ……」

いち早く気づいたのは、ザイであった。

これは決して彼のほうが年上だからという話ではない。

たまたま、馬乗りになってタスクのほっぺたをつねっていたので、目線が少しだけ高かっただけの話である。

遠く、はるか遠くの地平線の彼方に、土煙が見えた。

それはみるみるうちに大きくなり、さらにそこに、馬車の影が見える。

「まずいまずいまずいまずいまずいぞ!!」

立ち上がると、ザイは「もう走れない」とわめくタスクを抱えて、再び走り出す。

「来やがったぞあの女が!!」

「マジで!?　早すぎやん!?」

土煙をあげて、地平線の彼方より現れたのは、ただの馬車ではなかった。

六頭立ての戦馬車――戦車である。

それも、人類種族の用いるような、平地でしか使えない脆弱《ぜいじゃく》なそれではない。

馬車を引くのは、八本足のスレイプニル。

六×八で四八本の足が、大地を踏みつけ駆けている。

その速さは、異常をさらに超えた超常の域であった。

「兄ちゃんアカン！　僕捨てて逃げて！　このままやったら捕まる！　殺されんで!?」

「バカヤロウ！　お前だって捕まれば捕まったで、今度は何されるかわかったもんじゃねぇだろ!!」

さっきまでのいがみあいはどこへやら、今度は互いを庇《かば》い合うザイとタスクであったが、彼らの思いは、ほどなくして無に帰する。

すでに、戦車は二人に迫りつつあり、その車上に仁王立ちする女の姿すら、視認できる距離にあった。

「ふふふ……」

ザイが悔しげにうめいた。

「ちくしょう！」

見えたのだ、その女の、赤い長い髪が——もはや、この魔族領で〝死神〟の代名詞で語られているあの女のシンボルとも言える長髪が。

スウッと、女は右手を掲げ、人差し指と中指を二本揃《そろ》えて前面に突き出す。

まるで、弓をひくようなポーズ、そして——

「レイ・ボウ《光の矢よ放て》……！」

短く一言唱えた瞬間、まさに矢が放たれた。

実体を伴ったそれでなく、魔力で作られた、光の矢であった。

「うわぁあああ！」

直後、炸裂《さくれつ》する光矢。

地面を穿《うが》ち爆発を起こし、ザイと、彼が抱えるタスクごと吹っ飛ばす。

外したのではない。最初から当てる気などない。

あくまで、二人の動きを止めるため。

「うぐぐ……」

地面を転がり、呻《うめ》く二人に、戦車はついに眼前まで近づき、ギリギリで止まる。

「追いついたわよ……ザイ・オー？　タスク・トライセンは返してもらう」

不敵に笑う赤髪の女。

禍々《まがまが》しい白と赤の鎧《よろい》をまとい、仮面のような、顔まで覆う兜《かぶと》をかぶっている。

しかし、見る者が見れば、もっと異質なあることに気づくだろう。

「上手《うま》くそのお坊ちゃまを盗み出すことに成功したみたいだけど……あたしの手からは逃げられなかったってことよ」

表情は見えないが、肩を震わせ笑うと、腰に下げていた剣を引き抜き、その切っ先を向ける。

「どうします、先生、やっちまいますか？」

戦車に乗った、他の魔族兵たちが、女に伺いを立てる。

先生——すなわち、彼女は正規の兵士ではなく、雇われた用心棒的なポジションということだ。

兵士たちは素早く戦車から降りると、備えた槍《やり》や剣を構え、ザイたちを包囲する。

「手を出すな」

小さくつぶやく女。

「先生が手を出すまでもありませんよ、俺らに任せてくれりゃ——」

「手を出すなってんだ。殺すぞ」

「ひっ!?」

仮面の奥に光る瞳《ひとみ》が、殺気をもって輝いた。

「こいつらはあたしの獲物なんだ……ちゃんと自分の手でやらないと、ガルスの旦那《だんな》が、ちゃんと金払ってくれないじゃないか……ふふふ……」

ほくそ笑みながら、女は切っ先を遊ばせるように、ザイたちにちらつかせた。

「ちっ……」

動けないザイとタスク。

絶体絶命の包囲、逃げ場はない、逃げる手段もない。

「どうすんねん兄ちゃん！　ヤバいでマジで！」

「わかってる……こうなったらいちかばちかだ！　俺がなんとかアイツの気をそらすから、上手《うま》いことあの戦車を盗んで逃げるぞ！」

「なんとかってどないして？　上手いことってどないしてやんのん!?」

女には聞こえないようにささやきあう二人。

「あれだホラ！『あ、あれはなんだ！』とかやるから、その隙《すき》に！」

「兄ちゃん……今どきそんなん、子どもかてひっかからんでぇ……」

ザイのプランの情けなさに、肩を落とすタスク。

「なにグダグダ言ってんだ？　無駄な抵抗でもしてみろよ、無駄だけど」

追い詰めた余裕もあるのか、女はニヤニヤと、二人を弄《もてあそ》ぶように笑っている。

――と。

「「え？」」

二人揃《そろ》って、声を上げる。

視線は上、戦車の上に立つ女の、はるか上空を向いている。

「ああン？」

そのさまを見て、訝《いぶか》しむ女。

「お前らなぁ……今どきそんな方法、相手バカにしてんのかって話だぞ？」

呆《あき》れ果てたように返すが、二人はさらに、上空に指を差し、「上！　上！」と言い始める。

「いいかげんにしろ！　もうちょっと他に手があんだろ!!」

女が叫んだその瞬間、上から〝なにか〟が落ちてきた。

「ぐばぼっ!?」

突如降ってきた〝それ〟が、女に直撃する。

それでも、一度目は耐えた。なんとか耐えた。

「な、なんだ……!?」

振り返る直前、さらに〝もうひとり〟落ちてきた。

「ぐべはぁ!?」

間髪容《い》れずの波状攻撃に、女は完全に不意を突かれ、倒れた拍子に戦車の縁に頭をぶつけ、そのまま気絶してしまった。

「あがががが……くぎゅう……」

顔まで覆う兜《かぶと》をかぶっていなければ、当たりどころ次第では即死級の衝撃である。むしろ気絶で済んだのは大したものだった。

「な、なんだぁ……?」

「なんやぁ……?」

うろたえる、ザイとタスク。

「あいたたたた!!　なによこれ!?　精神世界ってこんな感じなの!?」

「わ、わかんないけど……腰打った……」

なにせいきなり、なにもない空の上から、男女二人が、落ちてきたのだから。

「あいたたたた!!　なによこれ!?　精神世界ってこんな感じなの!?」

「わ、わかんないけど……腰打った……」

愛天使ピーチ・ラヴの力で、ゼオスの精神世界に入り込んだメイとブルー。

入ったと思ったら、そこは空の上であった。

魔法も使えない状態では、自由落下に任せて落ちるしかない。

幸い、ブルーがなにかの上に落ち、さらにメイはブルーの上に落ちたので、いい感じにクッションになって無事にすんだが、そうでなければ危なかった。

「まったく、ここで死んだらホントに死んじゃうんでしょ……あの愛天使、基本大味なのよ、いろいろと！」

自分たちをここに送り込んだ、筋肉モリモリマッチョマン天使に、メイは悪態を吐《つ》く。

「……さてと」

そこまでやったところで、改めて周りを見回す。

「な、なんだぁ……？」

自分たちを見る二人組、そのうちの青年の方が、事態を掴《つか》みかねるという顔で見ている。そして、その二人組を取り囲む武装した魔族兵たちもまた、呆然《ぼうぜん》としている。

「これどういう状況？」

ゼオスの精神世界――千年以上生きてきた彼女の人生の、そのいずれかの時代なのだろうが、皆目見当がつかない。

わかるのは、どうやら、なんらかの修羅場に乱入してしまったということだった。

「ええっと……すいません、あの～……」

代わって、ブルーが青年に尋ねる。

「あなた方のお名前は、なんと言うのですか?」

「は?」

いきなり現れ、「名を名乗れ」と言われ、青年は戸惑う。

だが、意味はある。

ここはゼオスの記憶の中であり、彼らは皆、なにかしら彼女と縁を持つ者たちである。

何者かわかるだけでも、なにかしらの手がかりにはなるのだ。

「ああン……お、俺はザイだ。んで、こいつは……」

「タスク、やけど……」

いきなりの乱入者に混乱し、頭の整理が追いついていないのか、問われるままに名を名乗る、ザイとタスクの二人。

だが、そこにはやはり、小さくない——どころか、大きな意味があった。

「タスク……だって!? その、えっとキミは……いや、あなたは——」

ブルーの声が上ずる。

あからさまに驚き、それどころか、緊張の色さえあった。

「あなたのお名前は……もしかして、タスク・トライセン、ですか?」

問いただすブルーの口調が、いつもと異なっていた。

ブルーは尊大ではないし、傲慢《ごうまん》ではないが、それでも「王」である。

ゆえに、常に柔和な口調だが、このときは珍しく、あきらかに「自分より目上の者」に対する口調を、目の前の少年に向けていた。

「うん、せやけど……え、僕、お兄さんに会ったことある？」

「あ〜〜〜、いや、その……なくはない、のですが……」

なんともいえない複雑な顔になるブルーに、メイは尋ねる。

「どうしたのよ？　知ってるの、このガキ？」

「いやいやいやメイくん、あははは……」

乾いた笑いを浮かべながら、ブルーは返す。

「とりあえず、ここがいつくらいの時代かは目処《めど》がついたよ」

「え、ホント？」

「ああ、おそらく、千五百年ほど前だね」

「すごいじゃない。なんでわかったの？」

たまたま通りすがりの人に名前を聞いただけで、判明するほどの情報ではない。

「だって、あの人、ウチのご先祖様だから」

「は!?」

ブルーに言われ、メイは改めて少年の顔を見る。

確かに、言われてみれば、ブルーに似た髪質に、角の形も近い感じはする。

だが……

「名前違うじゃない？　アンタんち、ゲイセント家でしょ？」

「初代様、魔王になる前に改名してんだよ。その時の名前が、トライセン……」

「じゃ、これが、あの……！」

感心したような顔で驚くメイ。

魔王城に来て間もない頃、メイは魔王家の地下墓所に入ったことがある。

その最深部こそ、初代魔王タスク・ゲイセント――すなわち、今彼女の目の前にいる少年の墓である。

「確か……けっこう長生きだったのよね？」

歴代魔王の中でも屈指の長命で、八百九十歳まで生きたという。

「うん、王朝を拓《ひら》いたのが六百歳のころで、今の年齢がせいぜい百歳くらいだから、あと五百年後に魔王になるんだね。んで、それが千年前だったから……」

「合わせて千五百年前かぁ……」

説明を聞き、メイもようやく納得がいった。

そして、そうと分かれば話は早かった。

「ちょっとアンタたちー」

未来の魔王とその知人と知ってなお、メイの口調は変わらない。

「運が良かったわね。手を貸したげる」

「はぁ？」

訝《いぶか》しむ顔のザイ。

周りには、魔族兵たちが十人、全員武装して、今なお刃《やいば》を突きつけているのだ。

人間の小娘一人が、どこからやって来たか知らないが、相手になるはずもない。

ましてや丸腰で。

「あ、〝光の剣〟ない」

腰に愛用の武器がないことに、メイは気づく。

「服とかはそのままなのに、武装や所持品の類《たぐ》いはないのね～」

一応、外見はいつもの服装だが、懐の中にはなにも入っていない。

あくまで「体の一部」程度に認識されたものは、魂がその形に変化しているのだろう。

「そういえば、アンタもいつのまにか生身ね」

「あの鎧《よろい》も、魔王家に伝わる武具だからねぇ」

ブルーの姿も同様、いつもの全身鎧ではなく、素の姿である。

魔王らしくするために――と日頃まとっているものだが、あれも魔王家に伝わる宝具であり、着る者の魔力を高める効果を持つ。

「ま」

武器もない武具もない、ついでに言えば魔法も使えない。

この状況でどうするのか？

しかし、メイ・サーにはそれらは、さほど「大した問題」ではなかった。

「ないなら借りりゃいいわ。丁度いいとこにあった」

戦車の上でのびていた女戦士、その横に落ちていた、彼女の剣を拾い上げる。

「ん～～～～まーまーね」

ひゅんひゅんと何度か振ると、よしとばかりに、今まで目に入っていないかのように振る舞っていた魔族兵たちに目を向けた。

「いいわよ、かかってきなさい」

「なっ――――!?」

唖然《あぜん》としていた兵士たちであったが、あまりにふざけた態度に、急速に態度を激化させる。

「なめるなよ人間風情が！」

「一気にかかれ！　後悔させてやれ!!」

怒声をあげて襲いかかる魔族兵十人――そのうち三人が、一瞬で斬《き》り伏された。

「え？」

先手を打って仕掛けたほうが敗れる。

それも三人ほぼ同時、目にも留まらぬどころではない速さであった。

「ああ、どうやら肉体の能力はそのままみたいね。よかったよかった」

試すように剣を握り直すと、さらに一人、二人となぎ倒す。

残る五人も、一人目を上段から斬り倒し、返す刀で二人目を横薙《よこな》ぎに。

そこから持ち直して刺撃で三人目。

残る四人目と五人目は、体を捻《ひね》り、円を描くような斬撃《ざんげき》で同時に倒した。

鮮やかすぎて、感心する間もないほどの鮮やかさであった。

「ありゃ？」

パキンと音を立て、メイの手にあった「まーまー」の剣が折れる。

「ダメかぁ……アタシが使うと大概こうなっちゃうのよねぇ～」

メイは普段、「精神力を刃に変換する」宝具、〝光の剣〟を愛用している。

それは、勇者のみが使える専用装備ということもあるが、それ以外の武器だと、彼女の使用に耐えないのだ。

つまりは、メイは〝光の剣〟が使えるから強いのではなく、〝光の剣〟を使わなければならないくらい強い――なのである。

「キミは本当にこういう場面では惚《ほ》れ惚《ぼ》れするくらい無敵だねぇ」

感心した声でブルーが言う。

あまりの危なげのなさに、もうそれ以外言う言葉がなかった。

「当然よ！　と言いたいけど、使える武器がないのは不便よね……何本かもらっとこ」

メイは倒した魔族兵の持っていた剣のうち、使えそうなのを数振り引っこ抜き、腰に下げた。

「さてと……」

続いて、戦車の上でまだのびていた女戦士の襟袖《えりそで》を摑《つか》む。

「……ま、いっか」

一瞬、起きる前に止《とど》めをさすかと考えるが、別に無理して殺生をする気もなかったので、放り投げるようにどかせると、戦車の御者台に座る。

「ほら、アンタたち、さっさと行くわよ、乗んなさい！」

流れるように戦車を強奪し終えたメイは、ザイとタスクに、乗車を促す。

「…………………」

「…………………」

啞然《あぜん》としつつ、ひたすら困惑している二人。

「俺ら……一応助かったんだよな？」

「う〜ん………」

いきなり現れたこの謎《なぞ》の二人組を信用すべきか悩むザイであったが、相方のタスクは、戸惑いながらも、同行を決意した。

「行こ、兄ちゃん」

「おいおい、マジか？」

「大丈夫な気がする……なんとなくやけど」

「……まぁ、お前が言うなら、そうなんだろうな」

不安を残しながらも、決断したタスクを見て、ザイもそれに倣《なら》うことにした。

「んじゃ行くわ！　とりあえず……どっち？」

「東だ！　東に向かって走ってくれ！　詳しい道は走りながら伝える！」

ザイの指示に従い、メイが手綱を引くと、六頭立ての戦車は走り始めた。

しばし後――

「ううん……」

ようやく、赤髪の女戦士は意識を取り戻す。

常人ならば死んでもおかしくない衝撃を受けながら、気絶のみで済んだのは、幸運という以上に、純粋に彼女の頑丈さによるものだろう。

しばし首を押さえ、数度うめくと、あらためて周囲の惨状に気づく。

「なんじゃこらぁああ!?」

連れてきていた魔族兵十人が、全員地面に倒れている。

それだけではない。

いや、それよりもっとショックなことがあった。

「あたしの剣が折れてんじゃんか!!」

かなりの金を払って購入した、まだほとんど使っていない彼女の剣。

それが、根本からポッキリと折れ、無造作に地面に投げ捨てられていた。

「ちっくしょー！　誰が……」

折れた剣を手に取り、喚《わめ》き散らそうとしたところで、彼女は気づく。

「こいつは……？」

剣の断面、それはただ力任せに振り回して折れたものとは異なっていた。

常識外の剣圧と剣速、持ち手の技量があまりにも常軌を逸していたため、剣が持つ「武器」としての機能がついていけず、自己崩壊を起こしたような断裂面であった。

「どんな怪物がこれを振り回してたのよ……」

とてつもないとしか言いようのないそれを見て、赤髪の女戦士はごくりとつばを飲んだ。

「ううう……」

そこに聞こえるうめき声。

地面に転がる魔族兵の一人が、まだかろうじて息があったか、蚊が鳴くようなか細い声を上げている。

「おい、お前！」

女戦士はそれに気づくと、即座に駆け寄り、兵士の胸ぐらを摑《つか》む。

「一体誰だ！　お前らをこんな目に合わせたのはどんなやつだった！」

「ううう……ううう……」

仇《かたき》を討ってやる——という殊勝な思いではない。

死ぬ前にさっさと手がかりを吐かせようとしていたのだ。

「あ、赤髪の……女と……男のふたり……ごぶっ」

そこまで話して、魔族兵は血を吐いて絶命した。

「ちっ！」

これ以上手がかりが聞き出せないことがわかると、手を離し、魔族兵の亡骸《なきがら》を放置する。

「よくもやってくれたな、赤髪の女……って、手がかり少なすぎだよ！」

とはいえ、あの場にいたザイとタスクの姿もない。

彼らは殺されず、その「赤髪の女」と「連れの男」とともに移動したと考えるべきだ。

そして、彼らが行くであろう場所は、一つしかない。

「エンドの国府……グヤか……」

キッと、東の方角をにらみつける。

そして——

「って、戦車も持ってかれた⁉　こっから歩きぃ……ちぃ……絶対許さない‼」

報復を誓い、女戦士は、東に向かって駆け出した。


今から千五百年前、魔族領は「魔族大乱」といわれるほどの混乱の時代だった。

それまで長きにわたって統治していた魔王家ムロガ王朝が衰退し政治能力を失い、各地を治めていた領主たちが軍閥化。

それぞれが王を名乗りだし、魔族同士で争うという時代がなんと千年以上に及んだ。

ちなみにその間、人類種族領はどうだったかというと、魔族の侵攻がなかったせいもあって、平穏な時代が続き――と思ったら、その結果貧富の差が拡大し、富を求めての壮絶な侵略戦争と反乱戦争が勃発《ぼっぱつ》、こちらもこちらで戦火の絶えない時代だった。

ともあれ、そんな群雄割拠の魔族領。

東のエンドの国と、西の大国ガルスはにらみ合いを続け膠着《こうちゃく》状態。

後に初代魔王ゲイセント一世を輩出することになるトライセンは、その二国に挟まれた、吹けば飛ぶような小国だった。

「アンタのとこ、昔は小さかったのねぇ」

戦車を走らせながら、メイは今いるこの時代のあらましの簡単な説明を受ける。

ブルーからすれば、一族の歴史である。

幼い頃から教え込まれ、叩《たた》き込まれてきた。

「うん、結局、魔王になるまで五百年かかったからね。実は歴代屈指の苦労人なんだ」

今では『魔神様』として讃《たた》えられ祀《まつ》られている初代魔王であるが、その苦労人人生は凄《すさ》まじく、この歳《とし》のころには先々代の当主だった祖父、先代当主の父が相次いで亡くなり、幼い身空で当主の座に祭り上げられてしまったのだ。

「で、その初代様……もとい、ご当主様とご一緒にいるアンタは誰？」

背中越しに、戦車の貨物室に同乗しているザイ・オーに、メイは尋ねる。

人類種族の歴史にすら疎《うと》いメイである。

魔族の歴史上の人物など、名前を聞いてもわからない。

「なんだよ、知らねぇのか……まぁしょうがねぇか。俺は、エンドの国の王子だ」

「は？　王子？」

王子というには、あまりにも……良く言えば「ワイルド」、悪く言えば「品がない」なザイ・オーに、メイは怪訝《けげん》な声を上げる。

「安心しろよ。王子ったって小国だ。国が小さけりゃ、王子サマもご覧の有様よ」

言って、ザイ・オーはカカカッと笑った。

「確か……エンドの国は、西の大国ガルスと何度も武力衝突を繰り返し、その度に交渉で凌《しの》いできたが、領土を削り取られ……そして、今くらいの時期に王が死去したことで、跡目争いが起こっていた……だったかな」

「……!?」

だが、ブルーのつぶやいた、彼の知る「歴史的事実」を聞き、笑みが消える。

「おい……お前、ナニモンだ？　オヤジが死んで、まだ半月も経ってない。表には出していない情報だぞ。なんで知ってる！」

「あ、やば……」

ついうっかり、「この時代の住人」が知り得ぬことまで話してしまった。

「妙な連中だな……バカみてぇに腕の立つ女に、世事に通じすぎている男……どこの国の間者だ？　まさか、北方の赤王か？　もしくは南方の十字王の配下か？」

ザイが口にしたのは、どれもこの時代の強国の王たちである。

戦国乱世と言っても、ただ毎日戦いに明け暮れているわけではない。

むしろ、平時にこそその真髄があり、糧食生産、資金確保、武器調達、兵器開発、そして諜報《ちょうほう》活動などの情報戦――各国が、敵国隣国中立国、互いに諜報員を送り合っているのだ。

「兄ちゃん……」

警戒するザイに、タスクがおずおずと声をかける。

「多分、この人ら、信用できると思う」

なんの根拠もないが、なぜか、確信を得たようにタスクは言う。

「……そうか」

そして、それをザイは信じた。

「ちょっと……こっちが言うのもなんだけど、簡単に信じすぎじゃない？」

それこそ、メイが不安になるほどであった。

いかな未来の魔王様といえど、今のタスクはただの子供である。

子供は純粋だから善悪を見極められる――なんて、おとぎ話の理屈だ。

「オメェよ……自分の祖父と父親が、仲間に殺されたことあるか？」

そんなメイに、ザイは努めて平坦《へいたん》な……だが軽くはない口調で言う。

「んで、家族も同然に思ってた近臣に裏切られて、売り飛ばされそうになったことあるか？」

「な……なにがいいたいのよ……？」

その気迫に押され、口が淀《よど》むメイに、ブルーが説明した。

「メイくん……初代様……じゃなくてタスク殿のお父上と御祖父は、身内の裏切りで殺されたんだ」

「え……！」

トライセンは、小国故に、つねに西の大国ガルスに脅かされていた。

タスクの父も祖父も、飲み込まれそうになる自国を守ろうと懸命に抗《あらが》い、その結果、「邪魔者」として消されたのだ。

それも、ガルスに内応した家臣たちの裏切りによって。

「物心つく前から、いつ誰に裏切られるかわからねぇ環境で生きてきたヤツだぞ……人を見る目はあるんだよ、こいつは」

そんなもん、欲しくもなかったろうに——と言外に含ませながら、ザイが言った。

毎日の食事にすら毒が入っていないか怯《おび》えながらの日々。

その中で身につけた直感を、ザイは信用に足ると判断したのだ。ただ……

「その……正直、それだけやないんやけどね」

不思議そうに、タスクはブルーを見る。

「兄ちゃん……ホンマに、どっかで僕と会わんかった？」

「い、いえ……？」

「さよかぁ……」

ブルーは、系図で言えば、タスクのひ孫にあたる人物である。

彼の中に自分と同じ血を感じ取ったとしても、おかしくはない。

「ねぇ、話したほうが早くない？」

「いや、やめておこう」

小声でささやくメイに、ブルーは返す。

「ここはただの過去世界じゃない。ゼオスくんの精神世界だ。僕らが過剰に介入したら、彼女の記憶を乱す可能性がある」

二人の目的は、この精神世界のどこかにいるゼオスを見つけ出し、彼女を覚醒《かくせい》させること。

そのために、おそらくゼオスにとっても重要人物であったろうザイとタスクと行動をともにするのは良いが、それも過ぎれば、「ゼオスが現れない」流れになる。

「この世界は、過去は過去でも、『すでに終わった世界』だ。言うなれば、舞台の上演に等しい」

本来ならば物語に介入できない観客が、舞台の上に上がってしまった状態。

ある程度までなら、役者がアドリブで修正できるだろうが、それも過ぎれば、壊滅的に脚本が破綻《はたん》する。

「出てくるはずの登場人物」が出てこなくなる可能性がある。

そしてそれがゼオスであったならば、それこそ目も当てられない。

「慎重に行こう、可能な限り、筋書きを守るんだ」

「筋書きって……このあとどうなんのよ？」

真剣な顔のブルーを前に、メイは尋ねる。

「確か……そうだ、ザイ？　キミは、タスク殿を救うために、ガルス領内に潜入したんだったな」

「ホント、なんでもお見通しなんだな、お前」

もはや呆《あき》れたような顔で、ザイは返す。

小国トライセンの当主が幼いタスクに変わったことから、「隣国のよしみ」と称して、ガルスは保護を申し出てきた。

しかしそれはただの名目、実質的にトライセンを併合するためであった。

「若君を保護するため」と称して、タスクは誘拐同然にガルスに連れて行かれたのだ。

それを知ったザイは、タスク救出のために動き、ガルス領内に潜入し、彼の身柄を確保したのである。

「へぇ～……いいとこあんじゃんアンタ。その子を助けてあげたわけね」

話を聞き感心するメイであったが、対してブルーも、そして当のザイも、複雑な顔をする。

「そんないいもんじゃねぇ。トライセンがガルスに併合されりゃ、次はウチの国だ。そうなる前に、味方につけるために奪い取ったんだよ」

あえて皮肉を込めて、「奪い取った」と、モノのような言い方を、ザイはする。

「ガルスは強国だが、それでも、トライセンを力ずくで併合しようとしねぇのは、追い詰め過ぎてウチの国と同盟を組んで対抗されるのを恐れているからだ。逆に言えば、トライセンを味方につけさえすれば、ウチにもガルスに勝つ目があるってことよ、それだけの理由だ」

「ちゃうやん兄ちゃん!!」

　そんなザイの言い分を、タスクが否定する。

「せやったら兄ちゃん自身が助けに来んで、部下寄越《よこ》せばええやん。連れてきた配下の密偵十人全員死んでもうて、それでも僕を助け出してくれたんやないか！」

「そら、おめぇ……」

　タスクの言葉に、ザイは苦そうな顔になる。

「アンタたち、長い付き合いなの？」

「うん、昔僕、兄ちゃんの国の人質やったから」

「は？」

　尋ねたメイであったが、返ってきた答に呆《ほう》けた顔になる。

「ええっと……昔、トライセンがエンドに助けを求めた際に、交換条件として、次期当主を人質に要求したんだ。人質がいる間は、敵対できないからね」

「権謀渦巻いてるわねぇ……」

　ブルーの解説に、呆れるメイ。

「人質の間、僕は肩身の狭い生活やったけど、その頃から兄ちゃん僕のこと気にかけてくれて……今回かって、せやろ？」

　タスクに問われ、ザイは頭をかく。

自分を「兄」と呼び慕ってくれる少年を、国家の戦略の一環でモノ扱いしている自分を、ザイは苦々しく思っているのだ。

だが、それを「苦々しく思っている」ことそのものが、彼の人となりを表していた。

「ふーん……やっぱアンタいいとこあんじゃん」

「ちっ……」

それを見抜いたメイにおかしげに笑いながら言われて、ザイは気恥ずかしそうにそっぽを向く。

「エンドと同盟を組んだことで、トライセンがガルスに対抗する力を得たのは歴史的事実だ……なら、このまま二人を、エンドの国の都まで連れて行くのが正解か……」

ここまでの話を総合し、ブルーは結論を出す。

「歴史的事実？　今なんつった？」

「いやいやいや、なんでもないよ！」

ついうっかり口を滑らせてしまい、訝《いぶか》しむザイに睨《にら》まれ、ブルーはあわててごまかした。


一方、その頃――

「はぁはぁはぁ……………くそっ、遠い！！！」

荒野を走る、一人の女戦士。

剣を折られ、戦車を奪われ、手下を倒された、あの赤髪の女戦士である。

大地に残った馬車の跡を追い、彼女は昼夜を問わず走り続けていた。

「絶対に殺す！　絶対に殺してやる!!　そんで、そんで……」

走りながら、彼女は誰に言うでもなく、己に誓うように言う。

もはや、それだけが、彼女の気力を保つ支えであった。

「絶対に、礼金ふんだくってやるー!!」

荒野に、女戦士の叫びがこだました。

第四章 富国論

さらに戦車で走ること丸一日——徒歩ならば三日はかかる距離を走破し、一行はエンドの国の国府グヤの街に到着した。

「さびれた街ねぇ」

「メイくん、もうちょっと手加減したげて……」

率直にすぎる感想を述べるメイに、ブルーは苦笑する。

とはいえ、言われてもしょうがない街並みであった。

国府とは、その国においての政治の中枢がある場所。

要は、首都である。

その首都が、目抜き通りに人は少なく、商店の店先にもろくなものが並んでいない。

さらに、あちこちにくたびれた姿の物乞《ものご》いが座り込み、お世辞にも景気がいいとは言えない。

「ずっと戦争しているからかしらね」

「そうでもねぇよ」

メイの言葉に、ザイは重い声で返す。

「戦乱の時代だからって、毎日戦争しているんじゃねぇ。それが何百年だ。その日常に適した経済活動だって生まれる。単純に、ウチの国の経済政策の失敗だ」

ザイは憎々しげに語るが、それは事実であった。

戦乱とは、すなわち、本来統治する中央政府の機能不全を意味する。

その結果、諸侯が独自に自国経営を行うわけだが、他国からの侵略に備え軍備を整えるため、経済活動を活発にし、むしろ以前よりも豊かになった国はいくつもある。

「産業を興したり、鉱山開発をしたり、港を整備して交易を始めたりな……中にゃ、人類種族と貿易を行って富を得た国もある。戦乱が理由じゃねぇよ」

それらの国々は皆大国となり、豊かになった国には貧しい国から民が移ってくる。

人口増はそのまま労働力の上昇に繋《つな》がり、さらに国は豊かになる。

経済活動の好転は、ポジティブな循環を生み出すのだ。

対して、エンドの国はその逆、ネガティブの循環にハマってしまっていた。

「ウチの国はジリ貧だ。どんどん貧しくなるから、どんどん人がいなくなる。人が減れば国力も下がる。下がった国からはまた人がいなくなる。際限がねぇ」

「んじゃさ……戦争なんてしてる余裕ないんじゃないの？」

素朴な疑問を、メイは口にする。

「ガルスって国は大国なんでしょ？　今ならさっさと降伏して傘下に下れば、余計な人死にもないわけだし、却《かえ》って豊かになるかもよ？」

メイは、生まれも育ちも庶民で、しかもその中でも下層に位置してきた。

そんな彼女からすれば、国と国とのいがみ合いなど、所詮《しょせん》は雲の上の話。

結局は、王さま同士が、どっちが王座につくかで険悪になっているに過ぎない。

暮らしが楽になるのなら、楽にしてくれる国になったほうが「まだマシ」と思うのだ。

「…………」

しばし、無言になるザイ。

仮にも王子に向かって、「傘下に入れ」とは、すなわち、「王座を捨てろ」と言ってしまったようなものだ。

「お前の言うこと、そんな間違っちゃいねぇんだよ」

だが、ザイは不機嫌にも不愉快にもならず、むしろ「当然の疑問だ」と言うように返してきた。

「そうだな……お前がりんご売りをしていたとするな?」

ザイは、わかりやすく、店で喩《たと》え始めた。

「お前の店の両隣も向かいも、全部りんご屋なんだ。どうなる?」

「そら商売にならないわね」

皆が同じものを売っているのでは、まともな商売にならない。

「なら商売にするにはどうする?」

「それは……」

ザイに問われ、メイはしばし考える。

「他の店に火をつけ……」

「それは最後の手段にしろ」

最後でもその手段はどうだろうというアイディアをさらっと口にしたメイに、ザイはツッコむ。

「味の良いりんごや珍しいりんごを仕入れるとか、量を多くするとか、値段を安くするとか、あと……開店時間を早めて朝から買えるようにしたり、その逆で夜まで開けて、遅くでも買えるようにしたりするとか、そーゆーのだよ！」

「あ、なるほどそっち系ね。言ってよ」

「言わなくてもわかるもんだ」

発想が商人に向いてなさすぎるメイに呆《あき》れつつも、ザイは話を続ける。

「つまり、同一商品を扱う競争相手がいることで、ただ『ものを売る』ではなく、『より客を引きつける』ために、様々な切磋琢磨《せっさたくま》をしなきゃならん。この構図、なんか似てないか？」

「えっと……？」

「察し悪いなぁお前!?」

キョトンとした顔のメイに、思わずザイはツッコんだ。

「お姉ちゃん、国と同じってことや。住みにくい国と住みやすい国があったら、みんな住みやすい方に行くやろ？」

見ていられなかったか、タスクが助け舟を出す。

「せやから、国々は、民が他所《よそ》の国に行かんように、いろんな努力や工夫をするんや。税を安くしたり、治安を良くしたり、災害が起きた時に助けたったりすんねん」

「なるほどなるほど、そういうことね」

ようやく納得がいったという顔のメイ。

タスクの年齢は百歳かそこら、とはいえ、魔族なので、人間ならばせいぜい十歳かそこらである。

少々どころか、かなり情けない姿ではあるのが、メイはもうそういうのは気にしないことにしている。

わずかにため息を吐《つ》いた後、改めて、ザイは説明を続ける。

「じゃあよ、そうやって商売の努力をして、他の店がいなくなって、りんご売りが自分だけになったら、お前どうする？」

「は？　どうするって？」

「前みたいに、安くていいものを、客の都合に合わせて売ってやるか？」

「んなわけないじゃない。もう競争相手もいないんだし、安売りする必要もないわよ。最初の値段に……あ、いや、もーちょっと高くしてもいいわね」

「そういうことだ」

「へ？」

またしてもきょとんとするメイに、ザイは核心を告げる。

「国も同じなんだよ。他に敵対する国がいる間は、弱い国にも優しくしてやる。『自分のところと一つになれば、豊かになれるぞ』と言って、実際そのとおりにする。だが……」

そうやって、敵対する国がなくなれば……りんご売りの道理である。

もう優しくする必要はない。

「ガルスに下れば、一時的には『マシになる』さ。だが、必ず、支配者の民と、被支配者の民に分かれる。様々なかたちで差別を受け、虐《しいた》げられる」

「そ、そんな……」

「本当だ、こればっかりは事実だ。んで、ガルスの国では、同じように飲み込まれた国の民が、同じような扱いを受けている」

ここまでの間に、ザイは身分を隠し、諸国を見て回っていた。

その中には、当然、敵国ガルスもある。

中には、豊かになると信じてガルスに服従し、思ったのと違う暮らしに、エンドに逃げてきた者もいるくらいだ。

「それにな……相手の方が強いからって、戦いもせずに裏切ったヤツが、『これからは味方です』って言ってきても、信用できるか?」

「それは……ううん……」

問われ、メイは返答に困った。

確かに、ザイの言い分は理解できる。

事実そのとおりなのだろうし、そうなのだろう。

「でも、じゃあ、民はどうすればいいのよ? このまま貧乏なままで、死ぬまで苦しめっての?」

「だから、必要なんだ。今戦うことが」

「?」

決して言葉遊びなどのつもりはないのだろうが、決意のこもったザイの眼差《まなざ》しを見てなお、メイの疑問は払拭《ふっしょく》されなかった。

「なんだ……?」

そこで、話は一旦打ち切りとなった。

大通りの向こうから、誰かがやってくる。

一人二人ではない大人数、それも武装した兵士たちを伴っている。

「兄上……生きていたのですな」

集団の先頭にいた男が、不愉快この上ない顔で、随分な物言いをしてきた。

「クゥーラか……」

明らかな嫌悪の表情の男――クゥーラに、ザイは睨《にら》み返すように言う。

「兄上……ザイの兄弟？」

「う、うん……」

メイの問いに、タスクは苦い顔と声で返す。

あまり、二人にとって、友好的とは言い難い相手であるのは、間違いなかった。

「ザイ兄ちゃんの弟や……僕、あんま好きやないねん……」

そう言うと、クゥーラの視線から逃れるように、メイの影に隠れてしまった。

「なるほど……そういう……」

それだけで、だいたい察しのつく話だった。

タスクは、人質とされていた時、ザイに助けられ、彼を慕っている。

そのタスクが苦手意識を持っているということは、その時に、彼を虐《しいた》げた一人なのだろう。

少なくとも、善良とは言い難い相手ということである。

「わざわざ出迎えかクゥーラ、殊勝だな」

「そんなわけがないでしょう兄上……よくもまぁやってくれたものです」

毅然《きぜん》と振る舞うザイに、憎々しげに、クゥーラは返す。

「これでガルスは、本格的に我が国を敵と認定し、侵攻するでしょう。戦が始まります」

今までも小規模な小競り合いはあったものの、それでも交渉でなんとか危難を乗り越えてきたエンドの国。

しかし、ガルスにとっても重要人物のタスクを「奪った」とあらば、もはや言い訳は利かない。

ザイが行ったことは、宣戦布告にも等しいのである。

「生きて帰ってくるどころか、タスク・トライセンを奪ってくるとは……」

「ああ、そうだ。だからもう他に選択肢はねぇぜ。俺たちはガルスとやるしかねぇんだ」

「いえ……」

言うや、クゥーラは片手を上げる。

それを合図に、兵士たちがザイ――だけでなく、メイやブルー、タスクを取り囲む。

「なんのつもりだクゥーラ……？」

「まだ手はありますよ。あなたの首と、タスク・トライセンをガルスに送れば……言い訳にはなります」

「てめぇ……！」

ぎりりと、ザイは奥歯を嚙《か》む。

一瞬で、彼は理解した。

弟は、おそらく最初から、自分を殺すつもりだった。

しかし、兄殺しの汚名はかぶりたくないがゆえに、わざとガルスに潜入させ、向こうと「殺していい」という密約を交わしていたのだ。

「今までさんざん国土を切り売りして、そんで今度は、俺とタスクを引きかえに、か……」

だが、計算外に、生きて帰ってきた兄。

そこで今度は、「国を戦火に巻き込ませぬため」との名分で、兄を殺そうとしている。

そうでなければ、国府に戻ってここまで早く動けるわけがない。

「なんだか……よくわかんないけど……やるならやるわよ?」

腰に下げた、敵兵から奪った剣の柄《つか》に手をかけ、メイは聞く。

両者の事情は解《わか》らないが、不穏な空気は十分に感じ取った。

兵士の数はさほど多くない。

全員相手にしても、彼女の戦闘力なら、十分お釣りの来る数だ。

しかし――

「メイくん、今は様子を見よう――」

ブルーが、その手を押さえた。

「なんで……」

と言いかけて、メイは思い至る。

「ああ、そういう……」

ここは、過去の世界ではない。

すでにあった過去が再現された世界なのだ。

したがって、今目の前で展開されている光景も、「歴史」として記されており、ブルーはそれを知っている。

「これも、〝歴史的事実〟ってヤツなのね？」

脚本通りに進んでいるのなら、下手に手を出す必要はない。

タスク・トライセンは、初代魔王として八百九十歳まで生きるわけなのだから、少なくとも、彼が命を落とすような事態にはならないのだ。

「違う」

「え？」

だが、そうではなかった。

ブルーの顔は、緊張にこわばっていた。

「こんなやり取りはなかったはずだ……！　なにかが、おかしい！」

「えええっ!?」

再現されているだけの過去の光景……そのはずが、あきらかな異変を起こし始めていたのだ。

一方、その頃――

「ぐァつぐァつぐァっ!!」

グヤの街からほどちかい場所にあるとある村にて、ザイやタスクを追っていた、メイに戦車を奪われた、赤髪の女戦士が豪快に食事をしていた。

「ったく、ろくなもんないわね……ま、でも、あるだけマシかぁ」

鍋《なべ》から麦粥《むぎがゆ》をすくい、再び豪快にかっこみ始める。

「…………」

ここは、彼女の家ではない。

この村も、彼女の地元ではない。

勝手にこの家に上がり込み、勝手にその家の飯を食らっているのだ。

部屋の片隅には、怯《おび》えて、ただなされるがままにその光景を見ることしかできないでいる、下級魔族の村人たちがいた。

「なによ、なんか用?」

家主たちに言うべき物言いではないが、ひと目見て「危険」と判断した彼は、ブンブンと首を振り、刺激しないように努めていた。

「あの……」

だが、彼らにも彼らの事情があった。

「あの、その、えっと……」

なにか、とても言いにくいことを言い出そうとしている村人たち。

「だからなに？　こっち食事中なんだけど？」

「いえ、あの、そうではなくて、その……」

睨《にら》みつけられ、震え上がる村人。

「はぁ……」

それを見て、彼らがなにを言いたいのか察した女戦士は、うっとおしそうにため息を吐《つ》く。

「ほら」

そして、懐から一枚の銀貨を取り出すと、乱暴に放り投げた。

「別にタダで食わせろなんて言ってないでしょ！」

勝手に上がり込んで勝手に食いだして、随分な言い方ではあるのだが、この家の粗末な食事ならば、五十食分にはなる金額である。

「釣りはいらないから、食ったらすぐ出てくから、おとなしくしてなさい」

逃したザイたちを追って、彼女はひたすら走り続けた。

昼夜を問わず、寝食も忘れ走り続けた結果、さすがにバテた。

そこで、ちょうど目についた村に寄って、たまたま食事中だったこの家に上がりこんだのである。

「あいつら、絶対に逃さない……どうせ向かったのはグヤなんだ……食い終わり次第追いかけて今度こそ……」

自分に恥をかかせた——だけではない。

彼女は、ガルス王の依頼で、タスクの奪還と、ザイの首を持ち帰るために雇われた。

果たさなければ、報酬が手に入らないのだ。

「待ってなさいよ絶対に……」

「あの……」

「なに！」

器用に食いながらブツブツとつぶやいていたら、まだ懲りずに村人たちが声をかけてくる。

もっと金を寄越《よこ》せ、であるなら殴り飛ばしてやろうと思ったが、どうもそういった様子ではない。

「は、早く、村を出たほうがいいです……」

「は？」

それが、彼らが伝えたいことであった。

「出てくわよ。言われなくても、食べ終わったら」

なんという村か知らないが、随分と貧しそうな村であった。

とてもではないが、こんな事態でなければ、寄ろうとは思わない程度に貧相である。

「そうじゃなくて、すぐにでも……！」

ようやく、彼らの態度の正体がわかった。

村人たちは、女戦士に「早くこの村から逃げろ」と言いたかったのだ。

このままだと、あなたに危害を加える者たちが現れかねないと、警告していたのである。

だがそれがわかったときには、もう遅かった。

「オラァッ!!」

突如、ボロい木扉が蹴《け》り開けられ、大柄な魔族たちが現れる。

豚面の魔族と、牛面の魔族、両方とも、人間の大人くらいの大きさがある金棒を持っている。

そしてその真ん中には、鶏のような顔の小柄な魔族がいた。

「おいおいおい、なにメシ食ってんだこのタイノウシャどもが」

顔だけでなく、声まで鶏のような、その小柄な魔族が言う。

「そんないっちょまえなことしたかったら！　払うもん払いやがれ！！！」

怒鳴りつけ、三本爪《さんぼんづめ》の足で、木桶《きおけ》を蹴り飛ばす。

「す、すいませんドゥルド様！　あの、お支払いは、もう少し……待っていただけないでしょうか……」

泣きそうな顔で、村人たちは土下座する。

哀れで、情けない姿であった。

「待つだと？　いつまで待たせんだよ！　何度も何度も何度もよぉ？　お前らアレか？　俺を舐《な》めてんのか？　舐めてんだな！　オイ！」

ドゥルドと呼ばれた魔族が合図すると、背後の豚面と牛面の魔族たちは、容赦なく金棒を振り回し、家の壁を、屋根を砕き散らす。

「お、おゆるしください！　おゆるしください!!」

必死で許しを乞《こ》う村人たち。

「今は、今はこれしか……どうかこれで！」

這《は》いつくばりながら、今しがた女戦士が渡した銀貨を渡した。

「おう？　なんだ……オマエらみてぇなのが、なんで銀貨なんて持ってんだよ？」

しかし、その反応も、ドゥルドの機嫌を損ねるものだった。

「ははん……オメェら、実は金を隠し持ってたな？　俺を騙《だま》して、支払いを逃れようとしてたわけか」

「違います！　そ、それは！」

「違わねぇんならなんで持ってんだ!!」

力任せに、村人を殴りつけるドゥルド。

ふっとばされた村人は、女戦士が食べていた麦粥《むぎがゆ》の入った鍋《なべ》をひっくり返す。

「…………ねぇ」

それまで、黙って様子を見ていた女戦士であったが、静かな声で立ち上がる。

「ん？　なんだ……なんでこんなとこにこんなのがいるんだ？」

不思議そうな顔をするドゥルドであったが、すぐにニヤリと笑う。

いい獲物を見つけた、そんな顔であった。

「アンタら、借金取り？　こいつらに金貸してんの？」

それまでとは打って変わった、冷静な、穏やかな口調であった。

「あ？　俺様をそんなのと一緒にすんな！　俺はなぁ……徴税人様だ！」

「チョウゼイニン……？」

「おう、この村にいる者から税金を取り立てる権利をもってんのさ……ところでオマエ、見ねえ顔だな。まずは挨拶《あいさつ》代わりに税金払ってもらおうか！」

これが、村人たちが、女戦士に早く逃げろと伝えた理由である。

彼らの徴税対象は、村の住人だけではない。

この村に足を踏み入れた者全てが対象なのだ。

そして、高額な税金をでたらめな名目で要求し、納められなければ、奴隷として売りさばく
――だから早く逃げろと伝えたのだ。

「ちょっとそれ貸して」

それを理解したのだろうか、女戦士は逃げようとも抗《あらが》おうともせず、暴れている豚面の魔族の持っていた金棒を指差し言った。

「フガッ？　グフフフウ!!」

醜い笑い声を上げる、豚面の魔族。

女の細腕で持てるようなものではない。

彼らでさえ、振り回す時は両手を必要とする。

からかい半分で、持ってみろと言わんばかりに突き出す。

「ありがと」

それを、女戦士は、軽々と片手で持った。

「プゴッ!?」

驚く豚面の魔族、その脳天に、金棒を叩《たた》き込む。

「ごペ」

鳴き声なのか、別の音なのか、間抜けな声を上げ、豚面の魔族は潰《つぶ》される。

「モ、モウ!?」

相棒が、突然、あっさりと殺されたのを見て、戸惑う牛面の魔族。

女戦士は、次にそいつを標的に定めた。

「モウ～～!?」

横薙《よこな》ぎに繰り出された女戦士の金棒の一撃。

それを自分の金棒で食い止めようとした。

しかし――

「もぼ」

それは、果たされなかった。

構えた金棒ごと、牛面の魔族の体は横に曲げられ、そのままぐしゃりと潰れた。

「え…………？」

何が起こったかわからないという顔で、ドゥルドは呆然《ぼうぜん》としていた。

夢でも見ているのか、幻覚でも仕掛けられたか、そう思いたくなるほど、非現実な現実が繰り出されていた。

「…………」

女戦士は、金棒を振り上げながら、ドゥルドに近づく。

ここまでくれば誰でもわかる。

次は自分だと。

「た、助けてくれ！　いや、助けてください！！！」

今度はドゥルドが土下座をする番であった。

なぜとか、どうしてとか、そんなことは関係ない。

「自分より強い者が、自分を殺そうとしている」――プライドを捨てるのに、それ以上の理由はいらない。

「か、金！　金、差し上げます!!　どうか、お許しを!!」

体中を漁《あさ》りまくり、有り金全てを捧げる。

命に比べれば、金など安いもの。ましてや誇りなど。

この段階で、彼が取れるもっとも的確な行動であった。

「ありがとう、金はもらっとくわ」

「そ、それなら……」

相手に言葉が通じた。交渉が成り立った。

ドゥルドの顔に、わずかに安堵《あんど》が走った。

「でもアンタは死ね」

それで終わりだった。

「るぽ」

振り下ろされた金棒は、ドゥルドを脳天から潰《つぶ》し、やはり間抜けな音が上がった。

金棒を放り投げ、散らばっていた金のうち、金貨だけ適当に拾い上げる。

残っているのは大半が銀貨だが、それでも百枚くらいはあるだろう。

「残りはあんたらにあげる」

ただただ恐怖に震えている村人たちに告げると、女戦士は穴のあいた壁ではなく、もはやその形をなしていない玄関口を、それでもなおくぐった。

「ったく、むかっ腹のたつ」

ようやく、感情を顔に戻し、女戦士はつぶやく。

「あたしの前で、税金の話なんてしやがって」

それはとてつもなく、憎悪の感情に満ちた顔であった。

第五章　牢獄の再会

ゲイセント王朝の国史──公式歴史書──には、こう記されている。

初代魔王、タスク・ゲイセントは、相次いで暗殺された祖父と父に代わって幼くしてトライセンの当主となった。

隣国エンドでは、先王が死去した後、跡目争いが起こったが、弟のクゥーラ・オーが流行《はや》り病で死去。

若き王ザイ・オーが即位し、タスク・ゲイセントはこれと同盟を組み、侵略を進めていた西の大国ガルスを破り、魔族統一の足がかりとした。


「これが、僕の知っている、本来の歴史だ」

町中で問答無用で捕らわれた一同、「貴重な交換材料」であるタスクは連れ去られ、他の三人は、グヤの城の地下牢獄《ちかろうごく》に囚《とら》われていた。

「あの陰険なの、死んでいるはずなのに、生きてるってこと……？」

その中で、メイは改めて、ブルーの知る歴史と、「過去の再現」のはずのこの世界がズレていることの説明を受ける。

「これが、僕らが介入したことによる影響か、そもそもまた別の理由か……はっきりしない間は、乱暴な手段に出るのは危険だ」

「だから、アタシを止めたのね」

あの時、取り囲む兵士たちを突破して逃げるくらいは、メイの力ならば可能だった。

だが、ブルーはそれを止めた。

「そもそも、王家の歴史の中で、この時代の記録はややいい加減なんだ。とくに、エンドの国の国内情勢に関してはね」

そもそもが他国の事情なのだから、詳細に書く必要はないのかもしれないが、それでも、トライセンはその後、数百年にわたってエンドとは強い同盟関係を築く。

しかし、その中心人物であるザイ・オーの記述は、驚くほど少ないのだ。

「アイツ、どうなんの？」

ふと気になって、メイは尋ねた。

ここは千五百年前が再現された世界。

いかに魔族が長命でも、さすがにもう現代では生きていない。

「確か……この後、大きく版図を広げるも、裏切りにあって殺されたそうだよ」

「そっか……」

天寿を全うして大往生――とはいかないのが、戦国乱世の倣《なら》いなのだろう。

だが、今は違う。

まだ青年期であり、エンドの王になってタスクと同盟を組む歴史になっているのだ。

にもかかわらず、当のザイは、二人と同じ牢獄《ろうごく》の端で眠っている。

「普通こういうときってさ、別々に入れない？　下手なこと企《たくら》まないように」

「それよりも、逃げられることを恐れているんだろう」

メイの疑問に、ブルーは少し困ったような顔で返す。

罪人を同じ牢に入れれば、結託し脱獄を企むのが普通だ。

そうしないのは、「逃げる間もなく処刑する」ということでもある。

「なんとか上手《うま》く逃げられないかしらねぇ」

牢獄は、地下の岩窟《がんくつ》を利用しており、三方は岩壁で、出られるのは正面のみ。

その正面には、鉄格子がハマっている。

「無理だよ。それはどうしようもない」

一見するとただの鉄棒。

だが、見た目通りのものではなかった。

「それは、禁魔鋼だよ」

「なにそれ？」

ブルーの言葉に、メイは問い返す。

「魔力を通さない金属なんだ。魔法でも壊せないし、無理矢理壊すこともできないんだ」

魔族……それも高位の者を収監する牢獄には、必ず用いられているものである。

「ふーん……」

しばし、メイは鉄格子を眺め、指で数度叩《たた》いた。

「よいしょ！」

かと思ったら、両手で摑《つか》むと、力任せに捻《ね》じ曲げてしまった。

「えええ⁉」

鉄格子はいともあっさり、人一人なら十分抜けられる程度の間隔になった。

「どうして？　どうやって？　えええ⁉」

信じられないという顔になるブルー。

彼からすれば、「水に火をつけて燃やす」くらい、常識に外れたことであった。

「あのねぇ、アンタ、アタシが人類種族ってこと、忘れたの？」

呆《あき》れた顔で、メイは言った。

魔族は、生まれ持った体内の魔力含有量が多い。

それ故に、日常の動作の全てに、微弱な魔力が発動している。

それこそ、朝食のパンにジャムを塗る動作にさえ、発動しているのだ。

そのため、物質に魔力が通らないと、そもそもの作用力が働かないのだ。

「アタシは人間なんだから、魔力じゃなくて筋力でやったのよ」

「そうなんだろうけど……」

理屈の上ではそうなのだろうが、そもそも、普通の人間の筋力では、鉄格子は曲がらない。

「魔力を使わず、人間の筋力だけでできる怪力の持ち主ってことかぁ……」

そういえばと、ブルーは思い出す。

メイは、素手でストーンゴーレムを殴り倒すくらいならやってのけるのだ。

その筋力ならば、金属製の格子も曲がろうというものであった。

「ま、いざって時に逃げることは可能ってわけね」

この世界は、過去の世界ではなく、あくまでゼオスの記憶が再現されている世界である。

しかし、そこに入り込んだメイとブルーの精神は本物。

ここでの死は、現実の死に等しいのだ。

なればこそ、どんな事態になっても、最低限の逃げ道は用意しておくべきなのだ。

「なんだようるせぇなオマエら……寝れねぇじゃねぇか」

二人の騒ぎに、ザイが目を覚ます。

「おっとっと」

慌ててメイは、曲げた鉄格子を元に戻す。

「牢《ろう》から出られる」ことをザイに知られても、それはそれで、また本来の流れを変えてしまいかねないのだ。

「ごめんごめん……それにしても、アンタ、よく寝られるわねぇ」

慌てて、話題を変えようとしたメイ。

「ああ……ま、この後どうなるかわからねーしな。寝られる時に寝とかねぇと……」

理屈ではそうなのだろうが、実際なかなか簡単にはいかない。

寝て起きたら、死刑執行人が立っていて、処刑場に引っ張られるかもしれない中で、常人では眠るどころか、瞬《まばた》きすら細りかねない。

「……オマエらも、巻き込んじまってすまねぇな」

ザイは、髪をがしがしと掻《か》きながら、悔しげに告げた。

「こうなるはずじゃあなかったんだがな……計算違いだった、あのバカ……俺が思ってたよりもバカだった」

あのバカ——とは、弟であるクゥーラであろう。

「昼間話したよな？　なんでこんな状態で戦争をするんだって、オマエ言ったよな？」

「う、うん……」

決して豊かとは言い難いエンドの国。

強国ガルスと戦うくらいなら、いっそ降伏して支配を受け入れればいいのではないか、メイのその疑問に、ザイが答えきる前に、この牢獄《ろうごく》に入れられてしまった。

「一つは、あの時も言ったが、戦わずに降伏しても、信用されず、最も低い支配下におかれるからだ」

自国を裏切ってすり寄ってきた者など、もっと強い敵が現れれば、今度は自分たちを裏切ると考える。それが自然だ。

「これが庶民ならば、最下級におかれ、虐《しいた》げられる日々が始まるだけだが、政権を有していた者だとそうはいかん」

なんらかの理由をつけられ、最後には全員始末されるか、かろうじて一族を保てても、やはりなんらかの理由をつけて、地位も財産も、全て奪われるだろう。

「俺の首と、タスクの身柄を渡して、土下座して許しを乞《こ》い、それで果たして何年保《も》つか……もしかして、人知れず〝病死〟するかもしれねぇよ」

他国に滅ぼされた、もしくは征服された国の王や重臣の末路は、往々にして悲惨である。

多くが、「病死」や「事故死」で終わるが、その記録をつけるのも、征服者たちなのだ。

「あのバカは、自分で自分の首を絞めやがった。それは別にいい、自分で選んだ道だ。だが、国まで道連れにするのは許せねぇ」

ザイにとっての「国」は、ただ国家体制という意味合いではない。

その国に住む「民」のことを言っている。

戦争をしてもなお、それが民のためになる――だからこそ彼は、「いま開戦する必要がある」

と主張しているのだ。

「一つってことは二つ目もあるの？」

その理由をメイが問うと、ザイはニヤリと不敵に笑う。

「俺が王になれば、エンドもガルスも、どちらの国も豊かになるからだ」

「はぁ？」

一つ目に比べ、あまりにも理屈になっていなかった。

自分が王さまになれば、この国だけでなく、自分に倒される隣国も栄える。

ザイはそう言っているのである。

「つまりだな……」

自分の夢を語る少年のように、ザイは話を続けようとした。

だがまたしても、そこに邪魔が入る。

「……なに」

最初に気づいたのは、この中でもっとも耳の良かったメイだった。

近づくその足音を察知したのだ。

「むっ……！」

次に察知したのは、格子側に立っていて、他の二人よりも、牢《ろう》の外が見える位置にいたブルーだった。

「おいおい……なんでこいつが……」

そして最後に、現れたそれを見て、ザイが驚きの声を上げた。

「やっと追いついた」

現れたのは、顔を覆う兜《かぶと》から赤い髪をのぞかせた、あの女戦士であった。


少しだけ時間を戻す——

メイたちに戦車を奪われた赤髪の女戦士。

その後ひたすら荒野を駆け、通常なら三日かかる行程を一日で走破。

驚くことにメイたちが捕らえられた半日後、その日の夜には国府グヤに到着した。

だが、そこで知ったのは、彼らが地下牢獄《ちかろうごく》に収監されたという事実。

彼女はその足で地下牢に忍び込み、かくしてようやく再会となったのだ。

が——


「誰、こいつ?」

現れた女戦士を前に、メイは率直な感想を述べた。

「なんだとオマエー!」

あまりの言い草に、烈火のごとく怒る女戦士——と思われたが、ピタリと止まる。

「そういうお前は誰だ？」

そもそもの話で、女戦士の方は、メイとは初対面である。

正確には「激突」はしているが、頭上から落ちてきてぶつかられて気絶させられたので、「対面」はしていないのだ。

「メイくんメイくん、この人あれだよ、ホラ、僕たちがこの世界に来て最初にぶつかった、あの人」

「あーあーあー」

見ていられないと、口を挟むブルー。

女戦士の方はともかく、メイは覚えていてもよさそうなものなのだが、どっこい彼女はその手の細かいことは気にしないタチであった。

「そーか、オマエがあの時の……よくもあたしの剣を壊してくれたな！」

その会話を聞き、メイこそが自分に屈辱を与えた張本人と、女戦士も知る。

「いいじゃない、レンタル料代わりにアンタの命は取らないでやったんだから」

「言ってくれるじゃないのよ……鉄格子があるから、手が出せないとでも思ってんの？」

にらみ合うメイと女戦士、今にも殴り合いを始めそうな雰囲気である。

「おいオマエ……なんでここに来た？」

大型肉食獣同士のケンカのような空気の中、ザイが声をかける。

「オマエは、俺とタスクを捕らえるために、ガルスに雇われたんだろ？」

「そうよ」

「だが、俺もタスクも捕まった。俺は処刑され、首と一緒にタスクはガルスに渡される。もうオマエの出番はねぇぞ」

「だからなによ」

「あ？」

普通に考えれば、もう彼女は用なしである。

それどころか、わざわざここまで出向く意味はない。

「あたしは、アンタたちを連れて行けば金を払うって、ガルスの王に依頼を受けたのよ。誰がどうこうとか関係ない」

女戦士は、ガルスの兵でも臣下でもない。

ただの雇われである。

依頼を受け、その依頼内容を果たし、報酬を受けるのみであった。

「報酬って……いくらもらうの？」

さすがは〝銭ゲバ〟勇者の二つ名を持つメイである。

そこまで執着するのなら、さぞかし大金なのだろうと、問いかけた。

「ふふ、聞いて驚け………1万イェンだ！」

「は？」

だが、返ってきた金額は、別の意味で驚きであった。

「ぎゃはははははっ！！！」

「な、なによ!?」

これでもかと大笑いするメイ。

1万イェン、たった1万イェンぽっきりである。

落としたらちょっと悔しいが、それでもその程度。

ちょっと裕福な家の子供のこづかいレベルである。

「アンタ、たったそれっぽっちで……そんな必死に……くははは!!　アンタ意外と安い女だったのねー」

これには流石《さすが》に笑わずにいられない話であったが、そんなメイの肩を、ブルーが申し訳なさそうに突く。

「メイくん、メイくん」

「あによ～」

「忘れてる、ここ、千五百年前だから」

「だからなによ」

「物価が違う」

物価とは、基本的に上がるようにできているのが、経済の大原則である。

むしろ、「ゆるやかなインフレ」が起こる状態こそ、健全な状態とも言われている。

「千五百年前だと……ザイ、この国の役人の平均的な給与はいくらくらいだい？」

「ん、なんだいきなり……？　まぁ、そうだな……5イェンくらいか」

ブルーに尋ねられてのザイの答えは、現在の四万分の一であった。

「1万イェンだと……この時代の人の感覚だと、3～4億イェンくらいだよ」

「よんおくいぇん！！！」

ようやく価値が分かったメイが、驚愕《きょうがく》の声を上げた。

時代とともに、価格の感覚は変わるもの。

大金持ちを喩《たと》えて「億万長者」と呼ぶが、昔は「百万長者」であった。

現代ならこづかい銭に毛の生えた程度の額でも、この時代なら殺し合いが起こる金額なのだ。

「ご、ごめんなさい……調子乗ってました……」

「な、なによ」

がっくりと膝《ひざ》をつき、泣きそうな顔で謝るメイに、女戦士の方がうろたえる。

「その額ならわかる。アタシでもそーする……！」

「そ、そうか……」

「地の果てまで追い詰めて、泣こうが喚《わめ》こうがとっ捕まえてせしめる……！」

「あ、あっそう……」

バカにされて笑われるのも腹が立つが、全面的に同意されるのも、それはそれで気持ちの悪い話だったのか、ちょっと引いている女戦士であった。

「ま、そういうわけで……理解も得られたところで、その首寄越《よこ》せ」

「無理だよ、いろんな意味で」

気をとりなおし、女戦士はザイに告げるが、すげなく拒まれる。

言われたからといって、すぐに首など差し出せない、というのが最大の理由だが、なにより、鉄格子の中にいるのだ。

切られてやりたくても無理な相談だった。

「ふん、こんな程度、考えていないとでも思ったの」

じゃらりと、女戦士が鍵束《かぎたば》を見せる。

「こんなこともあろうかと、牢番《ろうばん》を片っ端から殴り飛ばしてせしめてきたわ」

「すごいことするなオマエ」

ここまで誰にも気づかれずに潜入したのかと思ったら、彼女は「気づいた者を全員倒してやって来たらしい。

「すぐに開けて出してあげるから、ちょっと待ちなさい」

牢の錠前を見つけると、さっそく鍵を開けようと試みるが、そこで動きが止まる。

「これ……なに……？」

鍵穴《かぎあな》はなかった。

正確には、鍵穴ではなく、なんらかの金属板を入れるような施錠装置があるのみであった。

「ああ、多分だが、この牢屋《ろうや》の鍵は、一般の牢番《ろうばん》には渡されない特殊仕様なんだろうな」

さもありなんとばかりに、ザイは言う。

世間が思っているより、牢番という仕事は、あまりちゃんとしていない。

囚人が金を渡せば、大概の融通は利かせる。

そんな者たちに、兄を殺して王位につこうとしているクゥーラが、牢の鍵を預けるわけがない。

持っているのはクゥーラ本人か、その近臣……どちらにしろ、今ここにはいない。

「ぐぬぬぬ」

「あきらめろ、しかもこの鉄格子は禁魔鋼だ。どうしようもねぇよ」

悔しがる女戦士に、ザイはむしろ慰めるように告げる。

「ぐぬぬぬぬ」

「だから……無駄だって」

しかし、諦《あきら》めきれないのか、女戦士は鉄格子に手をかけ、無理矢理曲げようとしている。

「ぐぬぬぬぬ」

「だか、ら……？」

顔に哀れみの色さえ浮かべ始めるザイであったが、その口が止まる。

「ぐぬ──────！！！」

「え────!?」

鉄格子は曲がり、人一人が通るに十分な隙間《すきま》が広がった。

「よし開いた！　覚悟しなザイ・オー!!」

「待て待て待て待て待てちょっと待って！」

そこに、大慌てで声を上げるブルー。

デジャヴではない、今しがた、全く同じ光景を見たところである。

禁魔鋼は魔族では曲げることはできない。

できるとするなら、魔族並みの筋力を持つ……人間のみである。

「キミは、人類種族なのか？」

「………！」

問われ、女戦士の動きが止まる。

戦乱真っ只中《まただなか》の魔族領、そこに、人類種族が紛れ込むなど、ありえない話である。

ありえないが、他に可能性がない以上、そうとしか考えられない。

「なんでわかった………？」

女戦士は、かぶっていた、顔まで覆う兜《かぶと》を脱いだ。

その下には、角や牙《きば》もなく、青色の肌もない。

赤髪の、まだ少女と言ってもいい年頃の娘がいた。

「魔族領で活動するには、素顔じゃ面倒なんでね、隠してたんだが……人類種族だからなんだっての？　なんかアンタらに迷惑かけた？」

その素顔を見て、ブルーは、そしてメイも固まっていた。

「なによ？　そんな驚くようなこと？」

二人の驚きっぷりに、女戦士は怪訝《けげん》な顔になる。

「あ、あああ………」

「え。えええ………」

二人揃《そろ》って、へたり込み、指を差し、怪物を前にしてもここまでにはなるまいという顔であった。

「ぜ、ぜ、ぜ、ぜ……」

それでも、なんとか絞り出すように、メイは言葉を吐く。

「ゼオス～～～～～!?」

そう、そこにいたのは、二人がわざわざ、決死の覚悟で探しに来た、ゼオス・メルであった。

髪の色も瞳《ひとみ》の色も違う。

髪型も、二人の知る税天使としての彼女とは異なる。

しかし、顔は間違いなく、ゼオスであった。

「な、なによ？　なんでアンタたち、あたしの名前を知ってんのよ!?」

それどころか、名前も同じである。

間違いなく、彼女こそ、千五百年前の、まだ人間であった頃のゼオスであった。

皮肉なことに、彼女の精神世界に入った直後に、遭遇していたのだ。

メイとブルーの二人は、ゼオスを探しているようで、実際は当のゼオスから追いかけられていたわけである。

「いや〜、よかった、やっと見つかったね」

「ほんとほんと、一時はどうなることやらと思ったわ」

安堵《あんど》するブルー、そしてメイ。

自分たちの介入で、精神世界の筋書きが変わり、もうゼオスに会えないかと危惧《きぐ》していただけに、その思いもひとしおであった。

「んじゃ、帰るわよ」

「なななななにすんのよ!?」

問答無用で腕を摑《つか》むメイだが、ゼオスはそれを拒む。

「メイくん、違う違う、ダメだよそれじゃ」

慌てて、ブルーはメイを止める。

愛天使のピーチ・ラヴによれば、ゼオスは己が税天使であったことを忘れ、人間であった頃に戻り、その人生を追体験しているのだ。

要は、メイやブルーのことを覚えていない——否《いな》、知らない状態なのである。

「愛天使さんが言っていただろう？　彼女が記憶を取り戻さないと、封印刑は終わらない」

それは同時に、ブルーたちも現実世界に戻れないということでもあった。

「なるほど、そうだったわね……んじゃ、てい!!」

「ぐはっ!?」

間髪容《い》れずにゼオスの頭をぶん殴るメイ。

「メイくん!?」

「二、三発殴れば思い出すかなーって」

慌てるブルーに、メイはしれっとした顔で返す。

「ただ……なにこの気持ち……さんざん今までしてやられてきた相手にやってやったぞ的なこの満足感……！」

出会ってこの方、メイはゼオスにしてやられまくっている。

ようやくできたその意趣返しに、言いようのない充実感を覚えていた。

「なに……すんだこのー！」

しかし、いつまでもしてやられているゼオスではない。
激怒し摑《つか》みかかる。
「あン！　やろうっての！　やってやろうじゃない!!」
もみ合い、つかみ合い、殴り合い、ひっかき合い、どつき合うメイとゼオス。
現代では、絶対に見られなかったであろう姿である。
「あーあーあーあー……」
ついには嚙《か》み付き合う二人を、ブルーは止めることもできずにいた。
一見、ただのケンカに見えるが双方ともに凄《すさ》まじい戦闘能力の持ち主である。
下手に入り込めば、死にかねない。
（しかし……ゼオスくんのこんな姿、クゥくんが見たら驚くだろうなぁ……）
男子三日会わざれば刮目《かつもく》して見よ、と言ったのは誰だったか。
時に人は、わずかな期間で別人と言えるほど様変わりをする。
ましてやここは千五百年前の世界である。
今ではクールで知的なゼオスだが、この頃は随分とはっちゃけた性格だったのだろう。
が——
（はっちゃけすごいなぁ）
メイと大喧嘩《おおげんか》を展開しているさまを見て、ブルーはただただ呆然《ぼうぜん》としていた。

「おい…………」

だが、ブルーと異なる感慨を抱いていた者がいた。

当のゼオスの標的とされ、命を狙《ねら》われていたザイである。

「なんで人類種族のオマエが、魔族領で傭兵《ようへい》みたいなことしているんだ？」

「はぁ？」

ケンカの手を止め――とはいえ、手はメイの髪を引っ張りながら――ゼオスは返す。

「簡単な話よ。金になるから」

当たり前のことを聞くなというような口調であった。

「人類種族を殺せば、人類から敵と見なされ、あちこちでお尋ね者になる。でも魔族なら、褒《ほ》められこそすれ、敵になることはない。ときには礼金までもらえるのよ？」

「…………」

おかしげに話すゼオス。

わかっていても、これが後世のゼオス・メルと同一人物とは思えない表情であった。

「前に、なんだったかしらねぇ……財宝溜《た》め込んでいた成金商人がいて、そいつをぶっ殺して有り金奪ったんだけど、そいつ、魔族と結託しててね」

この当時の魔族の中にも、人類と交渉し、交易を行っていた者はいた。

だが、当時の魔族には、現在のように特産物を開発し交易するという発想は少なかった。

「魔族を傭兵《ようへい》として雇って、悪どい商売してやがったんだ。全部まとめて倒したら、驚いたよ。英雄だ救世主だと讃《たた》えられ、礼金までもらえた」

自分の戦闘力を売り物として、人類側と取引をしていた魔族たち。

ゼオスは、そんな「人類種族に入り込んだ魔族」を狩る生活をしていたのだという。

しかし、それも頭打ちになったので、今度は魔族領に乗り込み、戦乱に乗じて、あちこちで暴れまわっていたのだ。

「あっちの魔族を倒して1000イェン、こっちの魔族を倒して2000イェン! んで、今回みたいな大仕事なら1万イェンの大儲《おおもう》けよ!」

「うわぁ……」

得意げに語るゼオスに、メイはドン引きする。

〝銭ゲバ〟と呼ばれし彼女ですら、ここまではしなかった。

ゼオスのしていることは、両種族の混乱に乗じて、金を漁《あさ》っているに等しい。

「オマエ、思ったよりも、安い女なんだな」

「あ――――?」

それを聞いてのザイの一言に、ゼオスの顔つきが変わる。

先程のメイも放った「安い」というワード。

あの時は、メイはこの世界の物価に詳しくなくて、「たかが1万イェンで雇われた」と笑ったが、今度は違う。

ザイは、わかった上で「安い」と告げた。

「カネ目当てで魔族の依頼受けるのが、そんなに悪いのか！」

「ちげーよ」

すごむゼオスに、ザイは目をそむけることなく、真っ向から反論する。

「オマエはそんな安売りしていい女じゃねぇって言ってんだ」

「ああ……？」

「もっと高値をつけろ！　もったいねぇ！」

「はぁ？」

すごんでいたはずのゼオスであったが、逆に、ザイに圧倒され始める。

「1万イェンだと？　俺ならオマエにそんな額はつけねぇ！　百倍……いや、千倍……いや……一万倍だ！　どうだ！」

「な、な、な……？」

自分を殺そうとする者に、「金ならいくらでもやる」と言って命乞《いのちご》いをするものは多い。

それでも、ものには限度がある。

この時代の1万イェンの価値は、現代の3億イェン以上。

すなわち、三万倍以上の価値があるということ。

ならば、1億イェンは——およそ、3兆イェンである。

「「バカなこと言うな——!!」」

叫ぶゼオス、そしてメイ。

「え?」

いきなり声を合わせてきたので、一瞬驚くゼオス。

「さ、さんちょって、3兆イェンって!!!」

その三分の一の1兆イェンの追徴課税に、千五百年後の魔王城は存亡の危機になったのだ。

「そんなの、魔族領全部売り払っても払えないわよ! バカ抜かしてんじゃないっての!!」

思わず声を出さずにいられなかったメイ。

相手を金で釣るにしても、限度というものがある。

「いや、バカは言ってない」

しかし、ザイの顔は、決してふざけていなかった。

ゼオスを謀《はか》っているのではない、物の価値がわからないのでもない。

彼は正真に、ゼオスに1億イェンの値段を付けたのだ。

「オマエにはそれだけの価値がある。安売りするな、俺んとこに来い!」

堂々と、自信たっぷりに、それを聞いた者に「最後まで聞かねばならない」と思わせるほどに。

「ど、どうやって……」

寸鉄一つ帯びていない丸腰の男に、人類種族ではあるが、超人的な戦闘力を有するゼオスが圧倒され、つい〝聞いて〟しまった。

「俺が魔族領を……いや、この大陸全てを統一する!!　そして、今の何倍も豊かな世界にしてやる！　そうしたら、1億イェンなんざ、誤差の範囲だ！」

「バカな……」

バカなことを言うなと、怒鳴りつけるべき場面である。

これがいつもならば、ゼオスは躊躇《ちゅうちょ》なく、言い放った相手の脳天を叩《たた》き割っただろう。

一瞥《いちべつ》することもなく、「バカがいた」と思い、次の日には忘れるだろう。

なのに、さらに聞いてしまう。

「豊かにするって……具体的には、どうするんだよ」

ザイの国であるこのエンドですら、貧困にあえいでいる。

この国一つどうにかできない者が、大陸統一など具体性がなさすぎる。

「そうだなぁ……さしあたって、〝徴税権〟に手を付けるつもりだ」

「〝チョウゼイケン〟……？」

聞いたこともない言葉に、ゼオスはそれを反唱した。

「国家が、税金を徴収する権利、だね」

ザイに代わって、ブルーが説明する。

〝ゼイホウ〟に関しては、本職のゼイリシであるクゥの足下にも及ばない彼ではあるが、これに関しては、ある意味で一番「身近」な税金の話だった。

なにせ彼は魔王――まさにその〝徴税権〟を行使する側なのだ。

「なにそれ？　そんなの必要だったの？　その土地の支配者なら、勝手に取ればいいじゃん」

「それがそうもいかない」

メイの疑問に、ブルーは返す。

「これもまた〝ゼイホウ〟に定められているんだ。人類種族も魔族も、その土地の統治……すなわち〝王さま〟になるには、絶対神アストライザーに宣誓しなくてはならない」

統一国家のない人類は、代わって大神殿がそれを執り行う。

土地の正当な統治者を〝王〟として定め、その〝王〟は各地を支配する〝領主〟を任命する。

「その資格のない者は討伐対象になる。場合によっては天界も動く」

「ふぅん……意外とめんどくさいのね」

「まぁ中には、実質的に支配して、後付けで領主に任命されるケースもあるけど……」

支配力の及ばない辺境の場合は、そうすることで形だけの臣従関係を結ぶこともある。

「んで、そのチョーゼイケンがなによ？　どうしたいの？」

国を豊かにする秘策、それが「徴税権」ということのようだが、説明を受けても、メイにはザイがどうしたいのか、皆目見当がつかなかった。

「その徴税権な……売られているって知ってるか？」

「へ？　買えんの？」

ザイの問いかけに、メイは意外そうな声を上げた。

「それは……！」

対して、ブルーは怪訝《けげん》な顔をする。

徴税権の売買とは、正確には「税金の取り立ての民間委託」である。

委託された側には、任命区域の税の取り立て、並びに未納者を処罰する権利が与えられる。

「徴税権の売買はボロい商売でな。徴税ってのは、これがかなり手間がかかる。領土内の人口や経済状態を把握し、その上で税金を取り立てなきゃいけねぇ。絶対にごまかす者も出てくるし、逆に取りすぎる場合もある。そのコストで赤字になることもある」

ザイが語っていることと同じようなことを、奇《く》しくも現代において、税天使のゼオスが語っていたことがあった。

「天界のリソースにも限界がある。１００イェンを徴収するために１０００イェンはかけられない」と――

「だからそれを売りに出す……まぁ、委託するんだよ。そうしたら、その分のコストが丸々浮くだろ？」

「なるほど……で、いくらくらい払って委託するの？」

「払わねぇよ」

「は？」

「むしろ払わせる」

「はぁ!?」

ここまでの「売買」という言葉に、メイはてっきり、民間の業者に、お金を払って、徴税の代行を頼むという意味なのだと思っていた。

「待ってよ、それじゃ委託を受けたほうが丸損じゃん、働いてもお金もらえないじゃん。むしろ払わせるなんて、どういうこと？」

「あんた……意外と人がいいんだな」

戸惑うメイに、ザイは皮肉げな笑顔を浮かべる。

「どういう意味よ」

「勘違いすんな。言葉通りさ、意味がわからねぇってことは」

不愉快そうな顔になるメイであったが、ザイの抱いた「皮肉」の向けられる先は、決して彼女にではない。

人の良いものでは、すぐに意味が理解できない、この制度の悪質さにである。

「徴税を委託された者は、毎月か、毎年か……一定額を国に支払う義務がある。逆に言えば義務はそれだけだ。にもかかわらず、『税を取り立てる』ってデカイ権利だけは自由に行使できる。この意味分かるか？」

「う〜〜〜〜……」

頭を抱えだすメイに、ブルーが助け舟をよこす。

「メイくん……徴税権を持つということは、『自由に税金を取り立てられる』ということだよ。例えば、勝手な手数料などを課すことも可能だ」

「え……！」

「それだけじゃない。そもそもの税率自体をいじることができる。通常よりも高い税金を取ることができるんだ。そして、国に納める額との差額は、自分のものにできるんだ」

「え、え、えええええ！！！」

「それどころか、逆らえば、『納税拒否』になる。その際に罰を与えることもできる。罰金を取るとかね」

「なっ……………」

話の深刻さを理解し、メイの顔から血の気が引く。

ゼオス――現代の方――は、容赦なく手厳しく融通がきかないが、彼女は常に公正で、そこに私欲や私益を挟ませない。

メイがどれだけ暴言を放っても、課税額を上げもしなければ下げもしない。

「改めてわかったわ……税金って、すっごいちゃんとしてないと危ないものなのね……」

古《いにしえ》において、「徴税人」は、「悪人」の同意語であった。

神の愛と慈悲を説いた経典にさえ、「そんなことは徴税人でもできる」と、「人としての最低限の心すら持たぬ者」という意味合いで使われているくらいだ。

「まさか………」

そこまで聞いたゼオスの顔が険しくなる。

彼女が、先日遭遇した村の出来事。

下手な盗賊よりもなお悪辣《あくらつ》であった彼らこそ、「徴税権を買って」傍若無人な取り立てを行っていた者たちなのだ。

「あんたの国を富ますって！　その徴税権を売りさばくこと!?」

思わず、怒りを込めた声を放つ。

「いや、違う」

しかし、ザイはニヤリと笑って、それを否定する。

「その逆だ、徴税権の売買を禁止する、全て引き上げ、国で管理する」

「え……？」

「普通に考えりゃあな、こんな状態、悪くなることはあっても良くはならねぇんだよ。経済の流動性が失われる」

「ケイザイノリュードーセイ……？」

またしても、理解の及ばぬ言葉が出てきて、ゼオスは固まった。

「あーまー、つまりだなぁ……わかりやすく説明するとだなぁ」

まるで、現世においてのクゥとメイのような会話であった。

「金持ちが金持ちであるために、絶対に必要なもんってのは、なんだと思う？」

「え？　そりゃあ……お金でしょ」

〝金〟持ちというくらいなのだ。

金がなければ始まらない。

「残念、半分正解だ」

だが、ゼオスの答えは、模範解答には遠かった。

「答えは、〝貧乏人〟だ。貧乏人がいねぇと、金持ちは存在できない」

「はぁ!?」

ザイの答えは、まるで、なにかの問答のようである。

理解できないゼオスは眉《まゆ》をひそめるが、それを見るザイはおかしそうに笑う。

「だよなぁ、そんな顔になんのもしょうがねぇ。でも事実だ」

貧乏人と金持ち、どちらが数が多いかと言うと、圧倒的に貧乏人のほうが多い。

そして、貧乏人と金持ちは、貧乏人の方が金を使う。

「周りが思っているよりは、金持ちってのは金を使わねぇ。大豪邸に住んで、美味《うま》い飯を食って、美女を侍《はべ》らせたとしても、実際の収入が貧乏人の千倍だったとして、貧乏人千人分も使わねぇんだ」

消費の割合という観点に立てば、貧乏人の方が、金持ちよりも遥《はる》かに消費に貢献している。なにせ、生活に必要なものを購入するため、収入の大半を使うのだから。

金を使うということは、金が市場に流れるということ。

「経済の流動性ってのは、ここがポイントだ。金ってのは額面以上の意味がある。流れれば流れたぶんだけ増えんだよ」

「金が増える……？　金は金だろ、額面通りの1イェンは1イェンだろ」

「ところがそうじゃねぇんだな」

いよいよ頭がこんがらがり始めているゼオスに、ザイは楽しそうに、まるで、「夢の世界」を語るように続ける。

「例えば……なぁ、お前今、10イェン持ってるか？」

「え？」

「ちょっと貸してくれよ」

「貸すだけだからね」

怪しみながらも、懐から10イェン銀貨を手渡す。

「さてと……なぁ、アンタ。この10イェンで、それを売ってくれよ」

「アタシ？」

銀貨を手の中に転がしながら、ザイはメイに言う。

メイの傍らには、とりあえずで出されたボソボソのパンの載った皿がある。

「え？　えっと……はい」

言われるままにパンを差し出したメイに、ザイは言ったとおりに10イェンを渡した。

「なにがしたいのアンタ？」

「ははぁ、そういうことか」

困惑するメイであったが、一方ブルーは、ザイのやりたいことを理解したようであった。

「メイくん、このスプーンを、10イェンで買ってくれないかな？」

「は、今度は何よ」

同じく、野菜くずが浮かぶような薄いスープをすくうためについてきたスプーン。

ブルーはそれを、メイに渡し、10イェンを受け取る。

そして――

「ザイ、キミの皿を、この10イェンで売ってくれないか？」

「おう」

ザイはニヤリと笑うと、自分のパンが載っていた皿をブルーに渡し、10イェンは再び彼の手に戻る。

「ほら、返すよ」

そして、その10イェンを貸したゼオスに手渡す。

「なにが……したいの……？」

意味がわからないゼオスに、ザイは説明する。

「オマエが持ってた10イェン、それはオマエの手の中にあるうちは、額面以上の価値はない」

だがそれがザイの手に渡り、そしてメイとブルーを経由して戻る間、10イェンの取引は、三回行われた。

「だが、今しがたその10イェンは額面の三倍の仕事をした。これが経済効果だ。その効果を生むことが、経済の流動性ってやつだ」

時に、経済は水の流れに喩《たと》えられる。

水は無尽蔵に湧《わ》き出すものではない。

上流から下流に流れ、海に至り、蒸発し雲になって再び水源地に溜《た》まり、下流に流れる。

だが一か所に溜め込めば、水は腐り、飲むこともできなくなる。

「この流動性を生むのが、消費だ。金を持っているやつが使う、それだ」

しかし、その消費を一番行う貧乏人が、消費もできなくなっている。

それ故に、経済が回らなくなり、貧困が国を覆っている。

「消費活動を阻害しているのが、徴税人の存在だ。まずそれをなくさなきゃいけねぇ」

「あの……？」

「なんだ？　別に気を使うな、聞きたいことがあれば言え」

おずおずと手を挙げるメイに、ザイはむしろ「質問がある」くらいには、自分の話に興味を持ってくれていることを喜ぶように返した。

「なんで、徴税人がいたら、ショウヒカツドーってのができなくなるの？」

「簡単な話だ。消費の分まで税金で搾《しぼ》り取られるからさ」

徴税人になるには、相応の額を国に支払う必要がある。

その上で、毎年一定額を国に納めなければならない。

「例えばだ、徴税人になるために、国に1000イェンを支払ったとする。任地からは毎年100イェンの税が徴収できる。毎年国には50イェン納めなければならない。元が取れるのは何年後からだ？」

「えっと、1000ひく50で……1000だから……二十年？」

「実際はもっとかかる。徴税コストを負担しなきゃいけないからな」

任地の納税者の調査、記録、管理。

さらには、納税を拒む者たちへの対処にも、相応の金はかかる。

「…………」

それを聞き、ゼオスは思い至る。

あの村での徴税人、強面《こわもて》の魔族たちを引き連れていた。

納税を渋る者に、容赦なく暴力をふるい、無理矢理に金を出させる。

それを雇うのにも、金はかかる。

「実際は、まともにやっても、元を取るのはその倍……いやもうちょっと、五十年くらいだろうな」

「なによ、全然美味《おい》しくないじゃない」

ザイの言葉を聞いて、メイは意外そうな顔になったが、すぐに、それまで話を聞いていたブルーが、辛《つら》そうな顔をしていることに気づく。

「メイくん……もっと簡単な方法があるだろう？　期間を縮める……」

「え？」

問われ、メイはしばし考える。

「あ〜〜〜そっか、毎年の入ってくる金額を増やせばいいいんじゃない！　って……」

自分で言ってから、その言葉の意味に気づいた。

「そうだ」

それこそ、ザイが最も問題視している部分であった。

「高額な徴税権の元をとるために、税金は高額化……領民たちは、生きていくのに必要なギリギリの金すら残らねぇ」

　重税によって最大多数の消費者である低所得者層がまともに消費活動を起こせなくなり、経済の流動性が失われる。

　それこそが、貧困の最大の原因であった。

「金持ちは金を蓄えることしかせず、貧乏人は使う金もない。これじゃあ貧しくなる一方だ。貧困のスパイラルができちまったんだ」

　徴税権の販売によって徴税コストを下げ、一時的な大金を得る。

　その目先の利益に飛びついた結果、国が傾きかけているのだ。

「俺のプランは簡単だ。この徴税権の販売を廃止する。現在、徴税人として好き勝手に税を取り立てている者たちを追放し、国が一括して税を管理する」

　ザイが語っているのは、この時代では先進的すぎる、税制度改革であった。

「税の徴収の道を明確かつ一本化すれば、たとえ収入は少なくとも、貧乏人どもも自分たちの生活を安定させることができる」

　とある財政家はこういった、「税とは〝約束〟である」と。

　国が国民に、「今年はこれだけ納めてもらう」と明確に宣言し、それ以上にもそれ以下にも、決してしない。

　そうすることで、国民は国を信頼し、安心して金を使えるようになる。

「消費が刺激されれば、産業も興る。経済が活発化すれば、長い目で見ればそれらは全て国の富になる。民が豊かになって初めて、国は潤《うるお》うんだ」

国が豊かになれば、それこそ他国からの移住者も増える。

人が増えれば、商業も活発化し、さらに豊かになる。

貧困が一度ハマれば抜け出せない渦を作るならば、豊かさも一度軌道に乗せればどこまでも上昇する竜巻となるのだ。

「だが……そんな上手《うま》くいくのか？」

ゼオスが、不審げに尋ねる。

理屈はわかった――正確には「なんとなく」だが、それでもわかった。

「オマエのやろうとしていることは、金持ちだけが金持ちでいられる世の中をぶっ壊すってことだろ？　そんなことしたら……」

間違いなく、反発が起こる。

既得権益を得ている者は、総力を上げて抗《あらが》い、反乱すら起こりかねない。

「だから今戦争を起こすんだよ」

そこからの発想は、そこにいるザイ以外の誰も考えつかないことだった。

「新制度を普及させる、旧制度を破壊する、どちらも反対が起こるのは基本だ。言う事きかせるには、長い説得と根回しが必要だろう」

場合によっては、既得権益者に配慮しすぎて、骨抜きの改革になりかねない。

「だが戦時下なら話は違う。なんせ非常事態だからな。軍事力を背景に、強硬手段を取ることもできる」

政治的な力で反対をする者たちを、武力を持って従わせ……場合によっては力で排除することで、即断即決の制度改革を行える。

しかしそれは――

「それは軍事独裁だ」

ブルーが、冷たい汗をかきながら言う。

為政者が行うにしては、あまりに強硬手段である。

「他に手はねぇ。強国に飲み込まれるか、貧困に沈むか、独裁化してでも改革を起こすか……どれならまだマシかって話だ」

ザイの計画は、劇薬である。

国を立て直せるか、国が民もろとも滅びるか、二つに一つ。

しかも彼は、自分の命すらそこに賭《か》けている。

「命がけ」という比喩《ひゆ》ではない。

独裁政権を樹立し、大国に挑むということは、敗れれば免れぬ死が待っている。

「今、ウチの国の中枢は大半が俺か、弟のクゥーラにつくかで迷っている。逆に言えばだ。クウーラの手持ちの兵は少ねぇ、城を押さえるのは、最低限の人数でできる」

兄であるザイに一切感づかれずガルスに通じていたクゥーラ。

陰謀というものは、知る者が少なければ少ないほど成功する。

クゥーラに従う、彼の手持ちの兵隊など、せいぜい百もいないだろう。

一国の掌握もできていない王子の動員できる数など、それくらいだ。

「オマエなら、倒せる数だ。どうだ、一緒にやらねぇか？　報酬1億イェンの国盗りだ！」

そこまで話し終えてから、ずいと、ザイは手を突き出す。

その手を取るか取らぬかはお前が決めろと、ゼオスに決断を迫った。

「…………！」

彼女は、その手を――


その頃――現実世界では。

「まったく、あの小娘め……」

人類種族領にあるどこかの屋敷にて、「買い取り見取り図」を前に、センタラルバルドは唸《うな》る。

〝テキタイテキバイシュウ〟を仕掛けてから、もう一週間が経つ。

昼夜問わず攻め続け、休む間もなく買い取り攻撃を仕掛けているというのに、魔王城の全権は未《いま》だ掌握できない。

「ここまで手こずらせるか！」

彼の左右には二台の水槽がある。

中にあるのは、観賞用の熱帯魚などではない。

魔導の力で作られた、人工脳がうごめいている。

これらに、人格や、いわゆる〝心〟は存在しない。

予《あらかじ》め設定された命令を、忠実に実行する、肉でできた機械じかけのからくりのようなものだ。

これらが二十四時間稼働し、買い取り可能な項目があれば、自動的に買い取り手続きを行う。

本来ならば、設定さえしておけば、あとは寝ていても全てが終わるはずだった。

しかし、それはことごとく阻《はば》まれる。

「項目の細分化だけではない。買い取り内容の変更、価格の上昇など、意図的に操作することで、培養脳では追いつかぬようにしている」

これらは全て、〝テキタイテキバイシュウ〟の防衛手段である。

センタラルバルド側が「食料倉庫」として買い取ろうとした場所が、寸前で「兵の訓練所」に変わり、同じく買い取り直前で、その価格が値上がりしたりしていた。

培養脳は、あくまで単純な命令しかこなせない。

直前で、想定外の変動が起これば、その度にエラーが発生し、停止してしまう。

そしてその度に、センタラルバルドは再設定を行い、手動で買い取り手続きを行わなければならない。

「魔王城に、こちらを上回る高度な人工培養脳などない。そして、高度な買い取り対策を行えるような頭脳を持つ者もいない……一人を除いて」

考えられることは一つ。

今こうしている時も、クゥは、「買い取り見取り図」の前に陣取り、こちらの動きに合わせ、防衛策を張り巡らせているのだ。

「死ぬ気か、あの小娘……」

ゴクリと、センタラルバルドはつばを飲む。

喩《たと》えて言うのなら、百倍の大きさの盤と百倍の駒《こま》数のチェスを、不眠不休で行っているようなものだ。

「ここまで来ると狂気を感じるわね」

ふわりと、いつの間にか背後にノーゼが立っていた。

「…………」

今さら、センタラルバルドは驚かない。

この女は人外の存在、税の悪魔、税悪魔なのだ。

「でもさすがに限界ね。そろそろ、折り時かしら……うふふ……」

楽しそうに、ノーゼは笑う。

まるで、幼子が懸命に作り上げた砂の城を、蹴《け》り崩す寸前のような顔であった。

「ちょっと行ってくるわ」

どこに、なにをしに、とはセンタラルバルドは聞かなかった。

「……………ふん」

彼がたとえ問おうとしても、その前に彼女は姿を消してしまう。

あの女は、自分を仲間などとは思っていない。

共犯者とさえも思っていない。

それはかまわない、それは自分も同様だ。

だがノーゼはそれこそ、センタラルバルドのことを、駒のようにしか思っていない。

だから、自分が疑問を抱こうが抱くまいが、彼女は一切気にかけることはない。

「別に構わん」

小さく、吐き捨てるように、センタラルバルドはつぶやく。

駒に成り下がってでも、復讐《ふくしゅう》を決意したのだ。

もはや、後戻りなどできないのだ。

第六章 ゼイリシの運命

魔王城謁見の間――――並み居る魔族の大幹部たちが揃《そろ》い、様々な儀式が執り行われる場所。

故に、だだっ広い。

もし仮に、メイがまっとうな勇者として魔王ブルーと戦っていたならば、両者の力を存分に振るうに足る規模の広さであったろう。

その謁見の間が、今は床も見えぬほどの経理書類で溢《あふ》れかえっていた。

「はぁ、はぁ、はぁ、はぁ……」

莫大《ばくだい》な書類の海の中に浮かぶ一艘《そう》の小舟のような執務机。

そこにかじりついて、ペンを走らせているクゥの姿があった。

「ジョルジュさん、次はこちらお願いします!!」

「く、クゥさん……」

謁見の間には、クゥの他に、魔王城倉庫管理人のリビングメイル、ジョルジュがいた。

表情が分かりづらい鎧《よろい》型の魔族の彼が、ひと目で分かるほど青い顔になっている。

「少し、休まれたほうが……もう何日寝ていないのですか?」

「…………昨夜、十分だけ目をつむりました」

「それは休息ですらない⁉」

悲鳴のような声を上げるジョルジュ。

謁見の間には、巨大なクリスタルがおかれている。

そこでは、未《いま》だゼオスが封印刑に処されている。

さらに、そのそばには、ベッドに横たわるメイとブルーがいる。

二人とも、まだ目覚める様子はない。

「約束したんです。お二人が戻るまで、この城を守るって……だから、休んでいる暇なんてないんです！」

「しかし、その……」

うろたえるジョルジュ。

センタラルバルドの〝テキタイテキバイシュウ〟を阻《はば》めるのは、魔王城でクゥ一人。

その買い取り攻勢は、昼夜問わず繰り返され、一時でも心を休める間はない。

メイは、二人が精神世界に入ってからずっと、もう丸三日も不眠不休で抗《あらが》っていた。

「早くそのメモを、指定の部署の人に渡してきてください」

「……はい」

こんな小さな体のどこに、そこまでの力が残っているのか、そう思わせる気迫を前に、ジョルジュは足早に執務室を出る。

「ダメだ……思った以上に強い。でも……頑張らなきゃ……」

執務室の中空には、「買い取り見取り図」の映像が浮かんでいる。

この三日で、魔王城の六割……いや、七割まで買い占められた。

〝テキタイテキバイシュウ〟に対抗する手段はいくらかある。

しかし、現状の魔王城で、使える手段は限られる。

少ない手数で、防衛線を維持する代償に、クゥは自身の心身をすり減らしていたのだ。

「あんまり、頼りすぎちゃいけないんだけど……」

引き出しから、小さな薬包を取り出す。

中に入っていた黄色の粉を飲み、水で流し込む。

「んんっ………！」

苦しげに一瞬うめき、再び作業に向かう――

「マンドラゴラの粉ですか？　覚醒《かくせい》作用と強壮作用に長じていますが、あなたの年齢でそんなに何度も服用しては、体を壊しますよ」

「!?」

突如、背後からかけられる声。

驚き振り返ると、そこにいたのは見知った顔の女であった。

「の、ノーゼさん……？」

先のボストガル事件で出会った、国家連合の通商査察官を名乗った美女。

今日も彼女は笑っているが、どこかおぞましさを感じる。

まるで、そう、罠《わな》にかかった獲物を見るような顔である。

「なんであなたがここにいるんです……？」

「うふふ」

問いかけるクゥに、ノーゼは笑う。

ここは魔族領、人類種族領ならばともかく、国家連合の威信も届かない。

ましてや魔王城の、それも最奥の謁見の間だ。

入るにしても、クゥに伝えられないなんてことはない。

「なるほど……城内の自由にできる資産を移動させ、買い取り価格を引き上げたり……ああ、他に、城の施設や設備を増やすことで、買い取りを遅らせたりなどしたのですね……うんうん、見事なものです」

ちらりと、ノーゼは窓の外、城の城壁の上にいくつも作られた掘っ立て小屋を見る。

棒きれとボロ布で作られたような、粗悪なテント小屋……しかし、城内に設営された以上、それも立派な「魔王城の設備」である。

「こちらの目的は、魔王城の完全掌握。それを遅らせるために、増設を繰り返すことで対応したのですね。うんうん」

ひと目で、ノーゼはクゥの買い取り防衛策を看破した。

「でも、あくまでそれらは時間稼ぎ……抜本的な対策ではないですよねぇ、うふふ……」

そして、彼女の目が、クリスタルに封じられているゼオスに向けられる。

嬉《うれ》しそうに、楽しそうに、パーティーの飾り付けを眺める乙女のように、彼女は笑う。

「あなたは……もしかして……」

すでに、クゥはノーゼをただの人間とは思っていない。

否《いな》、人間でないとさえ、ほぼ確信をしていた。

「あなたは……あなたも、天使なんですか？」

彼女の神出鬼没ぶり、そして自分やゼオスに匹敵する経済知識から、クゥはそう推論したのだ。


しかし……

「ぷっ――――ぷはははははははははは！！！」

それはノーゼにとって、とびきりおかしい質問であった。

身を捩《よじ》り、体をくの字に曲げ、目端には涙さえ浮かべている。

「そ、そう来ましたか……ええ、ええ、そうでしょうね。あなたからしたらそうでしょう」

地上の民ではありえないほどの知恵と力を有する者を見れば、人は神か、神に準ずるものと思ってもしょうがない。

それでも、他の可能性に気が行かないのは、まだクゥが、彼女のことを「善性の者」と認識しているからだ。

ノーゼが嘲笑《わら》っているのは、クゥの無垢《むく》すぎる「人の良さ」であった。

「まったく、あなたはとても聡明《そうめい》で賢い子、でもいい子がすぎる」

笑いながら、ノーゼは向き直る。

とっておきの真実を、クゥに今から打ち明けようと。

「だから気づけない。天使がいるなら、その逆だっているでしょうに」

ニタリと笑うと、ノーゼはそれを顕《あら》わにした。

「え……」

直後、現れたそれを見て、クゥは言葉を失う。

ノーゼの背中に広がる、巨大な翼。

ゼオスの天使の羽に相当する、真っ黒な、禍々《まがまが》しい、蝙蝠《こうもり》にも似た翼。

「改めまして……税悪魔のノーゼよ、うふふ……」

愕然《がくぜん》とし、目を見開き、パクパクと口を震わせるクゥの姿は、ノーゼの期待通りのものであった。

純真無垢な穢《けが》れなき少女が信じる世界に、存在もしなかった、最も穢らわしいものを叩《たた》きつける快感、彼女はそれを堪能《たんのう》していた。

「ジョ一族の教えには、私のことは載っていなかったのかしら？　なら残念ね」

ゼイリシの一族は、クゥを除いてみな全て死に絶えた。

それでも、彼らは存命の間、もちうる全ての知識を、彼女に叩《たた》き込む。

その中には、今現在魔王城を侵攻している〝テキタイテキバイシュウ〟の邪法の存在や、そして、〝税悪魔〟の存在もあった。

「昔……おじいちゃんが教えてくれた……税の悪魔……税悪魔……！」

それは、文字で記した書の形では伝えられない、禁断の口伝としてであった。

「〝ゼイホウ〟の理《ことわり》に背き、〝ゼイホウ〟を悪用して、欲望を叶《かな》える悪魔！」

ゼイホウは、創造神にして絶対神アストライザーが定めしもの。

それに背くということは、神に背くも同然。

この世界全ての反逆者と言ってもいい。

「正解！　うんうん、よかった、ちゃんと伝わってたのね」

震えるクゥを前に、ノーゼはなおも楽しげに笑う。

「なんで悪魔が……国家連合の通商査察官というのも、嘘《うそ》だったんですか！」

「うーうん、本当よ。だって私、悪魔だから」

悪魔は天使と相反する者。

故に、「天使ができないこと」「天使がしてはならぬこと」が、悪魔にはできる。

それは、税の天使と、税の悪魔も同様なのだ。

「ゼオスは、過剰には地上の社会に干渉できないけど、私はできる。ゼオスは、特定個人のえこひいきができないけど、私はできちゃうのよ」

故に、ノーゼは堂々と地上の社会に干渉できた。

正体を偽り、人間として入り込み、国家連合の中枢にまで食い込んだのである。

「じゃあ、あなたが……今回のこの〝テキタイテキバイシュウ〟の首謀者なんですか！」

「そうよ、ここまできて、無関係なんてことないでしょ？」

今さらなにを言うのやら——とでも言いたげな笑顔で、ノーゼは返す。

怒りで肩を震わせるクゥをからかうように、書類の山に埋もれた謁見の間を歩む。

そして、ゼオスが封じられているクリスタルの前に立つ。

「苦労したわ。ゼオスに邪魔させないようにするのは」

その一言で、クゥには十分伝わった。

仕組まれていたのだ。

前回のボストガルの一件から、すでに、計画は始まっていた。

「色々頑張っているみたいだけど、無駄なあがきよ」

ノーゼは、嘲《あざけ》るように——ではなく、心からの忠告というように言った。

「本当に大したものよ。ここまでしのぎ切るとは思わなかった」

この数日、クゥがいかなる防衛手段を展開したか、ノーゼはすべて知っている。

その上で、「無駄なあがき」と、純粋な事実を告げているのだ。

「あなたのやっている防衛策は、全て時間稼ぎ、根本的な解決ではない。こちらの資本力が尽きるのを待っているのかもしれないけど、それは無理よ」

クゥの行った防衛策は、ことごとくが、「相手を疲弊させる」ものである。

攻城戦で言うならば、籠城《ろうじょう》の構え。

兵士の兵糧が尽きれば、撤退するしかない根比べである。

「残念だけど、こちらの資本は莫大《ばくだい》よ。この一週間で使った費用は700億イェンってとこだけど……まだ半分も使ってないわ」

「なっ……！」

言葉を失う話であった。

相手の総資産は2000億イェン近く……絶望的な数字である。

「どこから、そんなお金を……まさか、それが悪魔の力ですか！」

そうと考えなければ、用意できない金額である。

「ざ～んねん、いくらなんでも、無から有を創《つく》り出すことは悪魔にも不可能よ」

しかし、クゥの問いを、ノーゼはすぐさま否定した。

「資金はちゃんと、この世界の経済に則《のっと》って、合法的に得たものよ。誰かから奪ったものでも、誰かに貢がせたものでもない。合法的な手段で得たお金」

　にわかには信じられない話である。

　2000億イェンもあれば、城どころか、国ごと買える金額なのだ。

「不思議そうな顔をしているわね。そんな大したことじゃないわ。お金はね、一から作ることはできなくても、増やすことは簡単なのよ」

　まるで、生徒にものを教える教師のように、ノーゼは語り始める。

（うっ……）

　そこに、クゥは異質な感覚を味わう。

（なんで、この人の言葉は……）

　以前も同様のことを感じたが、今は「敵」とわかったのに、なおも感じてしまう。

　目の前のノーゼの言葉は、まるで乳飲み子に与えられる母乳のように、クゥの心に吸い込まれる。

「お金持ちが生まれるために、絶対必要なものはなにかわかる？」

「貧乏な人……低所得者です。富裕層に比べ、低所得者層の方が圧倒的に収入に対する消費の割合が高い」

　ノーゼの問いに、クゥは即座に答える。

　奇《く》しくも、精神世界にて、メイたちが行ったものと同じ問答であったが、そんなことはクゥには今さら聞かれるまでもない、既知の話なのだ。

「そう。経済の流動性を生むためには、消費が行われなければならない。消費があって初めて需要が生まれ、それを供給することで、利益が発生するのだから」

富裕層が金持ちで居続けるには、利益を得なければならない。

その利益を得るためには、消費者が必要。

その消費者こそ、圧倒的多数の低所得者なのだ。

「でも、どれだけ高額の利益を得ても、税金で持っていかれたらたまったものじゃないわよね」

利益を得れば、利益を得ただけ、税率は上がる。

これを〝ルイシンカゼイ〟という。

「そんなこと、ゼイリシに言いますか？　だからこそ、〝トウシ〟を行うことによって、税率を下げればいいんです」

これは、先に魔王城で起こった〝カウテイシンコク〟でクゥが用いた手段。

将来のためにお金を使うことで、多くの人々が豊かになる方法である。

「残念、それだと足りないのよね」

しかし、クゥの返答に、ノーゼは「ＮＯ」を突きつける。

「そんな不確定な方法に、お金を払う人ばかりじゃないのよ。自分のお金よ？　なんで人のために使ってやらなきゃいけないの」

「なんてことを……」

悪魔の言い草にクゥは言葉を失うが、しかしそれもまた、冷酷なまでの現実である。

「お金持ちの目的は何だと思う？　お金をもっと増やしたい、よ」

それも、リスク少なく、確実に、それでいて膨大な富を得たい。

その金を得て何をするかなど、もはや二の次なのだ。

美食や美酒や美女など、大概味わい尽くした。

金のために金を得ることが、快楽であり、その快楽に溺《おぼ》れたいのだ。

「ねぇ、例えばね……1億イェンの収入があったとするわ。このままじゃ税金を取られちゃう。そんなところに、1億イェンで買える、『数か月後には1億5000万イェンになる、〝なにか〟』があったとしたら、どうする？」

「な、なんですかそれは……？」

あからさまに怪しげな仮定に、クゥは顔を曇らせる。

「例えば、の話よ。〝トウシ〟？　そんなまどろっこしいことをする必要はないわ。これなら、簡単にお金を増やすことができるのよ」

1億を全て使用し、その〝なにか〟とやらを購入すれば、実質的な所得は赤字となり、課税額はほぼゼロとなる。

それだけでまず、税金分の巨利を得ることができるのだが、ノーゼは「増やす」と言ったのだ。

まだ、さらにその先があった。

「そんなことをすれば、運営資金はどうなるんです？　お金を全部使い切ってしまえば、生活すらできなくなります」

「うふふ」

意図的な赤字計上。

それによって納税逃れができても、その後無一文になっては、「数か月後」に本当に1億5000万イェンが入ったとしても、その数か月を乗り越えられない。

「1億イェンで買った〝なにか〟は、数か月後には1・5倍になる価値を持つ……わかる？　この段階で、1億イェン以上の資産を持っている事実は揺るがない……つまり？」

ノーゼは、あえて答えをすぐには示さない。

ゼオスのように、「導くことしかできない」のではない。

だが、「クゥならばこの程度のヒントがあれば答えることができる」と考えている点は、共通であった。

「まさか………」

ノーゼの期待通り、クゥはそのからくりに気づく。

「時価価値を担保として、融資を得るということですか！」

「正解！」

時価価値とは、投資した〝なにか〟が、額面ではなく、その相場においてどれだけの価値をもっているか、である。

すなわち、1億で購入した、「将来的に1億5000万になるもの」は1億ではなく、1億5000万の資産として、評価されるのだ。

ならば、その持ち主には、その〝なにか〟が担保となり、それに近い金額……1億近い融資を得ることが可能となる。

「分かる？　1億の資本、1億5000万になる〝なにか〟、そして1億の融資――持っている額面は1億でも、3億5000万のお金を得ることができたのよ」

「それは……虚構です！」

ノーゼのからくりは、これもまた、精神世界においてザイが語っていたものの「裏」であった。

経済の流動性によって、額面以上に効果を及ぼす、「お金が増える」と同様の効果を、詭弁《きべん》にも等しい理屈で増やしたように「見せた」のだ。

「そんな方法、もしほんのわずかでも失敗すれば、投資額の何十倍もの負債が発生しかねません。よくもそんな危険な真似《まね》が……」

できるものだと、呆《あき》れそうになったところで、クゥは思い至る。

「それを……センタラルバルドさんにやらせたんですか……？」

「ええ、そうよ」

ノーゼ自身は、一切手を汚していない。

彼女はあくまで指南をしただけ、名義は全てセンタラルバルドで行っている。

「彼は、悪魔である私と契約してまで、元の力を取り戻し、この魔王城の乗っ取りを目論《もくろ》んだの。リスクは覚悟の上ってことね、うんうん」

もし失敗すれば、全てを失う――どころではないのは、センタラルバルドも同様であった。

その真相すら、ノーゼにとっては娯楽の一場面のように語られている。

「一体、なにに投資したと言うんです……？　数か月後に確実に値上がりする〝なにか〟なんて……」

農作物の先物買い、鉱山の発掘権、考えられるものは様々あるが、そこまでの確実性のあるものを、クゥは思い浮かばなかった。

「あるのよ。それは……徴税権」

「そんな!?　徴税人制度は、どこの国でも廃止されたはずです！」

徴税権の売買――徴税コストを下げ、一時的な収入増には貢献するが、長期で見れば確実に経済に悪影響を及ぼすとして、今はなくなった徴税制度である。

「私がなんだったか忘れたの？　悪魔でもあるけど、人類種族に大きな影響力を持つ、国家連合の査察官なのよ。それなりの力はあるの」

税悪魔ノーゼは、決して「悪魔の奇跡」というような力は行使していない。

むしろ、人間界の常識の上で、影響力を利用して戦術としていた。

「とある中規模国家があってね、そこで徴税委託制度を限定的に復活させる議題が可決されたのよ」

国家が、その業務を民間に委託することは、決して少なくない。

おそらく、複数の事業の中に交ぜて、法案を通したのであろう。

「その徴税権を買ったのですか！」

「いいえ、違うわ。こちらは、〝売る〟側」

クゥの詰問にも近い問いかけに、ノーゼは笑顔のまま返す。

「売る……側……？」

オウム返しに答えるしかクゥにはできなかった。

経済に関して、彼女がここまで遅れを取るのは、初めての話である。

つまりそれほど、ノーゼの手段は、常道を外れていたということなのだ。

「この徴税権を、発行されたと同時に買い占めたの。そして、その徴税権を使用する権利を、販売したわけよ」

転売――などではない。

ノーゼたちは徴税権そのものを売るのではなく、「徴税権を使用する権利」を販売したのだ。

ただ徴税権を譲り渡すだけならば、それで取引は終わる。

「使用する権利」とすることで、発行された使用権ならぬ〝使用券〟が多い者ほど、徴税権をより強く行使できる。

求める者がいればいるだけ、使用券を発行し続ければ、さらに利益は増すのだ。

「その販売の利益が、２０００億イェン……？」

「残念、それでもないのよねぇ」

クゥの問いに、ノーゼは首を振る。

発行された使用券の売買だけでは、そこまでの儲《もう》けにはならない。

むしろここからが、ノーゼの計画の真骨頂であった。

「徴税権使用券……の価格は、購入者が多ければ多いほど跳ね上がる。そうなると、話は変わる。徴税権による税収よりも、徴税権そのものが、希少価値を発揮するのよ。それが『必ず値上がりする〝なにか〟』の正体」

ノーゼは「自分は悪魔だから、無から有は作れない」と言った。

だが、「無価値なものに価値を与える」ことはできた。

たとえそれが石ころであったとしても、皆が欲しがれば、そこに価値は生まれる。

極論すれば、黄金も宝石も、鉱物的価値よりも、希少存在ゆえに求められ、高価値がついているに過ぎない。

それと同様のことを、人為的に発生させたのだ。

「一度求め始めれば、その価値は急速に上がる。『買ってしばらく待てば買ったときよりも高くなる』ことがわかれば、金を持つ者たちはこぞってとびつき、さらに価値は上がる……まるで、泡のように」

ノーゼの行った策、それは「意図的な経済のバブル化」であった。

「こうしている間にも、どんどん『徴税権を使用できる権利』は高額化している。ただの紙切れ一枚に、数百万イェンの価値がつく」

「その……その〝時価〟を担保に、人類種族領の銀行や投資家たちから、お金を集めたってことですか……」

「御名答」

ニッコリと微笑《ほほえ》むノーゼ。

その笑顔は、美しく愛らしく、天使のようにおぞましかった。

ある程度の資本金は必要としただろうが、それでもせいぜい数千万イェン。

彼女は、それをわずかな取引で、万倍にしたのだ。

(勝てない……)

がっくりと、クゥは膝《ひざ》をつく。

絶望的な事実であった。

籠城《ろうじょう》戦に持ち込み、相手の兵糧切れを待とうとしていたら、相手は「無限に食料も兵士も湧《わ》き出てくる」悪夢のような軍勢だと言われたようなものだ。

この絶望的な事実を、クゥは理解できてしまった。

(折れた……)

ニヤリと、ノーゼは歯を見せて笑う。

必死の抵抗の全てが、無駄に終わることを告げられた時ほど、人の心は容易に堕《お》ちる。

それを彼女はよく知っている。

「もうあきらめなさいな」

打って変わって、優しい声で、ノーゼは言う。

「あなたはよくがんばったわ。本当に、よくがんばった」

偽らざる本音である。

それゆえに、相手の心に通じる。

「降伏しなさい。諦《あきら》めも肝心。このままじゃ、あなたは死んじゃうわよ?」

決して、大げさな表現ではない。

この勝ち目のない戦いを、なおも続ければ、あと一日二日でクゥは壊れる。

すでにもう、体力も気力も、限界に達している。

「そして、私と一緒に来なさい。あなた……潰《つぶ》すには惜しいわ」

これこそが、ノーゼがわざわざ魔王城まで赴き、姿を表し、正体を明かした理由だった。

「あなたもおなりなさいな、税悪魔に。その頭脳は、他人のために使っていいものじゃない」

ノーゼは手を差し伸べる。

純粋に彼女は、クゥの才を惜しみ、自分の仲間にしようとしていた。

「ふっ……ふざけないで!!」

人生で、もしかして一番と言っていいほど声を荒らげ、クゥは拒絶した。

「わたしはクゥ・ジョ！　ゼイリシの一族、ジョ一族最後の一人です！　そのわたしに、〝ゼイホウ〟を悪用する悪魔になれだなんて……！」

悪魔の誘いは、一族の誇りと、ゼイリシの使命を人一倍重んじるクゥにとって、なによりの侮辱であった。

「……………」

クゥに拒まれてなお、ノーゼは取り乱しはしなかった。

相変わらず、彼女の口元には笑みが浮かんでいる。

だが、今回のそれは、どこか悲しげな、哀れみのこもったものだった。

そう、さながら、「現実を知らぬ夢見がちな少女を憐《あわ》れむような」笑みであった。

「クゥ・ジョ……ゼオス・メルがそうであったように、私もかつては人間だった」

「え……？」

突如、ノーゼは己を語り始める。

「人間であったころ、私もあなたと同じように、誇りと信念を持って、自らの使命を果たそうとしていた」

「な、なにを……なにが、言いたいんです……？」

ノーゼに見つめられ、クゥは言いようのない胸のざわめきを覚える。

またであった。

どれだけ感情で拒絶しようとしても、ノーゼの言葉を「聞かなければならない」と、思わされてしまった。

その理由を、彼女は知ることになる。

「私の名は、ノーゼ・メヌ………でももう捨てた名前があるわ。それは、ノーゼ・メヌ・ジヨ……私もあなたと同じ、かつてゼイリシの一族だった。あなたと、同族だった」

「────!!」

告げられた真実に、クゥは言葉を失う。

なぜノーゼの言葉に、自分は知らずに惹《ひ》かれるのか、ようやく理由がわかった。

自分の同族であったから。

天涯孤独になったと思った自分の、最後の同胞であったからだ。

「私もかつて、あなたのように主に仕え、ゼイホウを駆使して、皆が幸せになる道を模索した」

それは、何百年前なのか、何千年前なのかもわからぬ遠き昔の話であった。

「でも、人の欲望は果てしない。正しい納税をすすめればすすめるほど、主は私を、アストライザーの走狗《そうく》と罵《ののし》るようになった」

富を持つ者ほど、納税を拒もうとする。

己が苦労して稼ぎ出した財を、他の誰にも渡してなるものかと、抗《あらが》うようになる。

「でも、一銭も税金を納めないなんて、そんなことは不可能。帳簿を偽造して、数字の辻褄《つじつま》を合わせることはできるけど、そんなものはすぐにバレる」

ノーゼの仕えていた主は、彼女の必死の説得も聞かず、独自に「節税」した結果、天界より「悪質な脱税犯」と認定されてしまった。

「私は、主を守るために、天界と交渉を繰り返し、なんとか、最悪の事態を回避した。これで主もわかってくれると、期待した」

かつて、センタラルバルドが〝ダツゼイ〟の罪で、ありとあらゆる財を奪われ、路頭に迷わされた。

だがそれとて、「最悪」ではないのだ。

さらに悪質な脱税者には、天界から送り込まれた罰天使が降臨し、「犯罪者」として神罰を下す。

その罪を、必死の交渉で、かろうじて回避させたのだ。

「でも主は、感謝の言葉などくれなかった。それどころか、『貴様が無能なせいだ』と罵《ののし》られ、

それどころか……」

そこで、ノーゼは天を仰ぐ。

彼女の顔から、微笑《ほほえ》みが消えていた。

「ゼオスと同じように」「かつて人間だった」――ノーゼはそう言った。

一度、人間としての生を終え、その後に転生し悪魔になった。

つまり、彼女は一度、死んでいる。

それは――………

「クゥ・ジョ……ゼイリシは、どれだけ懸命に仕えても、最後には疎《うと》まれ、嫌われる運命なのよ」

震えるクゥに、ノーゼは言い聞かせるように語る。

「誰かのために、なんて妄想は捨てなさい。自分のために、自分の力を使いなさい」

クゥはなにも言い返せない。

メイやブルーが、彼女の大切な人たちが、自分を嫌い疎むようになる世界。

それはクゥにとって、絶望以外なにものでもない。

「いつかあなたも、私と同じになる。必ず」

ノーゼの宣告に、クゥは、体中を鋭い刃《やいば》で貫かれたような苦しみに襲われた。

「…………」

だが、それでも……

「うっ……」

それでも、クゥはノーゼの言葉に従えなかった。

涙を必死でこらえ、睨《にら》み返す。

反論の言葉などない。

そんな余地はない。

ただ、「受け入れたくない」という頑固な思いだけが、ノーゼの言葉を拒んでいた。

「バカな子……」

その目だけで察したのか、ノーゼは悪魔の翼をはためかせ、宙に舞う。

そして、身を翻《ひるがえ》すや、一瞬の後には、その姿は消え去っていた。

「…………」

後に残されたクゥは、ただ一人、声を上げることもなく、その場にへたり込んだ。

まだ、ゼオスの封印は解かれない。

まだ、メイもブルーも目を覚まさない。

彼女は、一人ぼっちであった。

一方、精神世界では――

「…………？」

「どうした？」

夜空を見上げ、なにかを感じたような顔をしているゼオスに、ザイが声をかけた。

「いや、なんでもないよ。なんか……泣き声が聞こえた気がしたんだ」

胸が締め付けられるような、すぐにでも駆けつけてやらねばならないような、そんな、悲痛な子どもの泣き声が、聞こえたような気がしたのだ。

「それにしても、オマエがホントに、味方についてくれるとはな」

地下牢《ちかろう》での交渉の結果、ゼオスは、ザイの申し出を了承した。

ガルスを裏切り、ザイがエンド国の王となるための手助けをする――すなわち、彼の夢想にも等しい覇道を信じたということである。

「自分で言っといてなんだが、驚いた」

ゼオスには、正直、ザイの語る経済構想の類《たぐ》いは、半分も理解できなかった。

だが、彼が、「民が豊かにならなきゃ、国は豊かにならない」と言ったのは、聞いた。

「あたしの生まれは、超貧乏な寒村だった」

ぽつりと、ゼオスは語りだす。

「楽しみなんかろくになくて、薄い麦粥《むぎがゆ》一日二回すすって、朝から晩まで働いて、それが毎日、そんな村だった」

楽しみといえば、年に一度の祭りの日だけ食える、串焼《くしや》き団子くらいであった。

「だってのに、税の取り立ては厳しくてさ、ウチの村に来た徴税人も、容赦なく取り立てた。泣いて頼んで土下座しても、1イェンもまからない」

戦乱の中にある魔族ほどではないが、人類種族領側も、決して平穏無事ではなかった。

特に、ゼオスの生まれ育った国は、「弱いものを食い物にして金を得る者」が勝者と讃《たた》えられるほど、人心が荒《すさ》みきっていた。

「ある年だった。凶作でさ、ろくに実りが得られなかった。なのに、取り立てに来やがった。わずかな収穫を全部持ってかれた」

父は必死で猶予を願ったが、叶《かな》えられないどころか、「納税を拒んだ」として、罪人として逮捕され、帰ってこなかった。

母は、来年の種籾《たねもみ》分に手をつけ、それも全て幼いゼオスに与え、飢えて死んだ。

「二人とも死んで、一人になった。それでも徴税人は現れた」

ボロボロの、もうなにもない家を、なにか売れるものがないかと、その徴税人は引っ掻《か》き回し始めた。

「あたしは……」

そんな子どもの話は、この世にいくらでもある。

何百も、何千も、何万も、何十万もある。

大半の子どもは、なにもできないまま終わる。

そのまま、死んでいく。

「あたしが初めて殺したのは、その徴税人だった」

だが、ゼオスは違った。

何十万分の一かで、死を受け入れなかった子どもだった。

「土間に転がってた石を摑《つか》んで、後ろから殴り殺した。そいつの持ってた金を奪って、村を飛び出した」

それから、彼女はひたすら、奪っては殺し、殺しては奪い続けた。

生きるために、ただひたすら生きるために。

その挙げ句が、今の彼女だった。

「多分、あたしは死んだら地獄に落ちる。神様は許してくんない。でも……」

ザイの言葉に、わずかに心が動いた。

「あんたが少しはマシな世の中にしてくれるなら、それを助けてやれば、堕《お》ちるにしても、もう少しマシな地獄になるんじゃないかなって、そう思ったんだ」

彼が万に一つ、億に一つ、いや、那由多《なゆた》の彼方の確率であったとしても、「自分のような者が生まれない世の中」にしてくれるのなら——そう思ったから、ザイの話に乗った。

「……そんなわけねぇだろ」

「わかってる。ただの自己満足だよ」

今さら良い人ぶっても遅い……ザイはそう言っているのだとゼオスは思った。

「違う」

だが、そうではなかった。

「罪を犯すのは人だけだ。罰を下されるのも、人だけだ」

絶対に違えてはならない真理を言うように、ザイは告げる。

この場合の〝人〟とは、人類種族のみを指すのではない。

社会を構成している者という意味だ。

「人扱いしなかったくせに、罪だけ一人前に押し付けるなんざ、そんな道理があるものか」

貧しさや弱さが、全ての罪を帳消しにするわけではない。

しかし、貧しさに苦しみ、飢えて生きることさえ難しかったものが、生きるために犯した罪は、果たして社会に裁く資格があるのだろうか。

「罪を裁きたかったら、まず人としての最低限の扱いをしてやれ。話はそっからだろう！」

激しい憤《いきどお》りを、ザイは見せた。

「義務を果たしてこそ権利が得られる」――と考える者は多い。

だが実際は逆なのだ。

「権利が満たされてこそ、義務を果たすことができる」なのである。

法を守らせたいのなら、法を守れるようにせねばならない。

その責任を持つ者こそ、為政者と呼ばれる者たちなのだ。

「オマエは地獄に堕《お》ちる必要なんかねぇ。オマエをそんなふうにした、その国の王どもの責任だ。それでもなお堕とすっていうのなら、そりゃあ……」

言うと、ザイは空を仰いだ。

その先にいる、この世界の絶対者をにらみつけるように。

「神のほうが間違ってんだ」

決して、ふざけているのではない。

彼は心の底からそう思い、神相手にも譲らぬ覚悟であった。

「…………お前」

自分の境遇を、自分以上に憤り、天をにらみつける男に、ゼオスは圧倒された。

不思議と、今まで自分の肩に積もっていたものが落ちたような気がした。

「ははっ……ははは……なんて大バカだ」

そして、気づけば笑っていた。

この数年、いやもっと前から、それこそ、生きるために初めて人を殺《あや》めたあの日以来、初めて彼女に「楽しい」という笑いが起こっていた。

「いい感じにほぐれたみてぇだな。んじゃ、行くとしようぜ？」

「ああ」

ザイに促され、ゼオスは強くうなずく。

地下牢《ちかろう》を脱獄した彼らは、そのまま城から逃亡――はしなかった。

それでは彼らは目的を果たせない。

反撃をするため……否《いな》、出撃をするため、クゥーラのいる本城を目指していた。

「さて、アイツらが上手《うま》くやってくれりゃあいいがな」

この場にはいない二人を思って、ザイは笑う。

第七章

超人と怪物

Brave and Satan and Tax accountant

グヤの城の城内。

ザイとゼオスが向かった本城とは異なる別館に向かって、メイとブルーは走っていた。

「しかし、あいつ、大胆なこと考えるわねぇ」

走りながら、メイは呆《あき》れたように言う。

彼の立てた反撃の作戦は、至極単純なものであった。

ザイがこの国の実権を取り戻すには、弟のクゥーラを倒すだけでは足りない。

ガルスとの戦いで同盟者となる、幼きトライセンの当主タスクを取り戻さねばならない。

「初代様……タスクの救出のための陽動を、自分が行うなんてね」

そのためには、クゥーラたちの注意を引き付けねばならない。

ザイは、それを自分とゼオスが受け持ち、その間のタスク救出をメイたちに委《ゆだ》ねた。

「うん、だが、それが一番道理に合った計画ではある」

同じく走りながら、ブルーは返す。

ザイの話によれば、彼の弟クゥーラは、「良く言えば慎重、悪く言えば臆病《おくびょう》」な気質であるらしい。

故に、自身の地位を最も脅かす存在である、兄のザイが出てくれれば、それがどれだけわかりやすい陽動とわかっても、無視できない。

「この場合、エサにするのに適任なのはザイだ」

しかし、理屈ではわかっていても、実行できる者は少ない。

彼の大胆な気質を感じさせる話であった。

「ただ……」

そこまで分析しながら、ブルーはわずかに思案する。

牢獄《ろうごく》での会談以降、彼が感じた予感、それは確信に変わりつつあった。

「そんな理屈以前に、必ず上手《うま》くいくような気がするんだ」

「なんで？　そういう歴史だから？」

魔族の歴史で、ザイの国盗りは成功する。

それは確定事項である。

故に、どうやっても必ずそこにたどり着くのではないかと、ブルーは考えた——のではないかと、メイは思ったのだ。

「いや、そうじゃない。メイくん、ここは過去じゃない、あくまで〝記憶の世界〟だ」

過去の魔族領、エンドの国に時間漂流したのではない。

ここは、「ゼオスの記憶」が再現された世界なのだ。

「どうやら、想像以上の修正力が働いているらしい」

過去の世界ならば、歴史も変わるだろう。

だが、再現の世界では、必ずあるべき筋書きに戻ろうとする。

「そもそも、僕らがこの世界に最初に訪れて、ゼオスくんにピンポイントで遭遇した」

ブルーは考える。

もしかして、本来の歴史では、ゼオスはあそこで、ザイの理想を聞き、彼に味方する道を選んだのではなかろうか。

そこに自分たちが入り込み、彼女を気絶させ、ザイたちを勝手に助けてしまった。

「メイくんは、意図せずして、ゼオスくんの役割を奪ってしまったんだ。だが、彼女が追いかけてきて、二人の邂逅《かいこう》は改めて行われた……」

変えようとしても、筋書きは戻る。

ということは、逆に言えば……

「僕らが介入しようがしまいが、なにも変わらないということだ」

脚本のある舞台に乗り込んだと思っていた自分たちだが、実際は、わずかにもさざなみを立てることさえできない。

「この世界における『重要な事例』は、細部が変わっても、必ず起こるんだ。そう考えると……」

ブルーが気になっていたことは、さらにあった。

「ゼオスくん……いくら人間であった頃で、千年以上前だからといって、性格が違いすぎないか？」

現在の、税天使ゼオスを知る彼らからすれば、今のゼオスは別人と言っても良い。

考えるよりも行動で、頭脳も、残念ながら明晰《めいせき》とは言い難い。

常に冷静沈着で、深謀遠慮の限りを尽くし、先の先まで見据えて行動する税天使のゼオスとは真逆である。

まるで、メイがもうひとり増えたようであった。

「そして、あのザイ……僕の知る歴史では、ウチの王家——ゲイセント王朝の始まりに大きな影響を与えた人物ではあるが、その途上で命を落とす、これは歴史的事実だ」

しかし、その詳細は、ブルーも知らない。

知らないと言うより、すごく曖昧《あいまい》な形でしか記されていないため、現代では知りようがないのだ。

しかし——

「ザイが話していたこと、覚えているかい？」

「え、ええっと、その徴税人制度の廃止とか、そういうのよね？」

「うん」

メイの答えに、それだけでもわかっていれば十分と、ブルーはうなずく。

「徴税権の売買は、魔族領では千年以上前に廃止されている。だが、人類種族領では、完全になくなってから、百年程度だ」

「そうなんだ。意外ね」

「うん、意外なんだ……」

人類種族領に比べ、魔族領の経済政策は大きく遅れている。

しかし、税制度の、「徴税人制度の廃止」という点だけは、魔族領のほうが進んでいたのだ。

「自然発生的に廃止されたと思っていたんだが、おそらく、ザイがこの後本当に実施したんだろう」

彼の語った理想は、夢物語などではなく、かなりの形で現実になったのだ。

「ザイ……彼はおそらく、百年に一人現れるかどうかという鋭い視点を持った財政家だったんだ。そして、ゼオスくんは、彼に大きな影響を受けた」

ザイの見識は、千五百年後の現代でも、斬新《ざんしん》かつ先進的なものである。

財政どころか、税制度も経済のいろはも知らなかった人間であった頃、ザイと出会い、それをきっかけとして、ゼオスもまた高い経済的視点を持つ者となった。

「ザイとの出会いこそが、今のゼオスくん……税天使としての彼女の、大きな部分を作ったんだよ」

そして……改めて、ブルーは自分たちが何故にこの世界に来たのか、再確認する。

封印刑――天使の領分を違えた行いをしたゼオスに科せられた刑。

自分が何故、天使となったか、その理由となる過去を見つめ直し、己を省みることが目的である。

その時を迎えるまで、ゼオスは解放されず、現代での記憶も戻らない。

「もしかして、その時が近づいているのかもしれない」

今のゼオスに大きな影響を与えたザイ、そのザイにとってのターニングポイント。

それこそが、ゼオスにとっても、大きな瞬間である可能性は高い。

「それは一体なんなのか……」

迫りくるその時を思い、ブルーは目を細めた。


そして、グヤの城の本城――

「驚きましたよ兄上……まさか、堂々と正面から現れるとは」

嫌味や皮肉ではなく、心から、クゥーラは言った。

なにせ、牢《ろう》を抜けたはずの兄が、そのまま逃げるかと思ったら、自分の眼前に現れたのだ。

驚きもしよう。

「はっ、ウケたようでなによりだぜ」

その弟を前に、不敵に笑うザイ。

城内の大半の家臣たちは、未《いま》だザイとクゥーラ、どちらにつくべきか迷いあぐねている。

彼が自由にできる兵隊は、この場所にいる百人程度が関の山である。

だが……百人いれば、ザイ一人をなぶり殺しにするには十分である。

「それが遺言ですか……できれば、正式な刑場で斬首《ざんしゅ》しようと思ったのですがね」

「ガルスからの使者の前でか？」

「！」

ふんと鼻を鳴らし、一段高いところより兄を見下していたクゥーラであったが、ザイの一言に、吐いたばかりの息を呑《の》んだ。

「なぜそれを……！」

「やはりか」

「くっ！」

クゥーラが思わず口にした一言に、ザイはニタリと笑う。

ただ首を渡すだけでは、形だけの偽物を用意したと思われる。

ガルスから送られる使者の前で見せてこそ、より信用を勝ち取れるのだ。

「馬鹿《ばか》なやつだ」

だが、それはザイに言わせれば、呆《あき》れるほど愚かな行為だった。

戦わずに降参するというだけで見下されているのに、降参のための土産として差し出す首すら、本物を出すか疑われているということだ。

そこまでへりくだって何年、国を保てるというのか……その程度のビジョンも持っていない弟に、ただただ呆れたのだ。

「得意のハッタリですか、兄上。これだからあなたは」

だが、クゥーラは、そんなザイの心中に気づけない。

あくまで、挑発に乗せられた程度の認識だった。

「くだらない問答だねぇ……」

ザイの傍らにいたゼオスは、つまらなそうにため息を吐《つ》く。

「む……？　兄上、その女は……まさか！」

彼女の顔を見て、クゥーラの顔が忌々《いまいま》しげに歪《ゆが》む。

「兄上!!　その女は、人間ですか！　なんということを……！」

魔族領に人類種族が入り込んでいるだけで問題なのに、一国の城の本丸に足を踏み入れる……それも、王族が連れてきたなど、常識はずれにも程がある話である。

だが、ザイにはこたえない。

「だからなんだ。こいつは使えるやつだ。だから俺の仲間にした」

「愚かな！　この城に汚らしい人間に足を踏み入れさせるなど！」

「汚い？」

その一言に、ザイの目に険しさが宿った。

「クゥーラ……これが何が分かるか？」

取り出したのは、一枚に銅貨であった。

「なんですかなそれは？　どこで拾ってきたのです、汚らしい」

クゥーラが言うように、その銅貨は汚かった。

泥が付き、傷が入り、ドブ川の底から漁《あさ》ってきたと言われても信じそうな程であった。

「汚かろうが傷だらけであろうが、こいつには彫られた額面どおりの価値がある」

言うや、ザイはピンと指先で弾《はじ》き、くるくると銅貨は宙を舞う。

「キレイだろうが汚かろうが、価値は変わらねぇ。俺はどっちも懐に入れる」

再び手に取り、また指で弾く。

「同じことだ。人間だろうが魔族だろうが変わらねぇ。価値あるものは使う。キレイ汚いにこだわってて、国を守れるか？　民を守れるか？」

銅貨を握りしめた拳《こぶし》を、ザイは突きつける。

「俺は手段は選ばん、過去は気にせん、出自も知ったこっちゃねぇ、額面だ、額面だけを見る。その価値があるのなら、俺は受け入れる、だから」

そこで、ザイは周囲を取り囲む、クゥーラの家来たちを見回す。

「今からでも、俺の方に来るってんなら拒まねぇぞ。傷持ちだろうが、価値は変わらねぇ」

その一言で、彼らの間に動揺が走る。

クゥーラにつき、自分を裏切った過去があっても、その罪は問わないと宣言した。

これをただ口にしただけならば意味はない。

しかし、ザイの傍らには、魔族の敵対種族である人類種族のゼオスがいるのだ。

異種族すら受け入れるのならば、同族に対して約束を守らぬ訳がない。

彼らの中に、迷いが生まれた。

「愚かだな兄上！　そんなハッタリのために、人間の女など連れてきたか！」

それを嘲《あざわら》うクゥーラ。

彼は、味方のいないザイが、自分の配下を切り崩そうと企《たくら》んでのパフォーマンスだと思ったのである。

「兄上……いや、そんなバカの戯言《たわごと》に動揺するなバカども！　もういい、殺せ!!」

それでも、これ以上放置すれば、厄介なことになる。

わずかに浮かんだ懸念を振り払うように、クゥーラは家来たちに命じた。

「ははっ！」

半分ほどの兵士たちは戸惑いを浮かべていたが、残りの半分が、武器を構えて迫る。

それぞれが、魔族の身体能力がなくば振るえぬような、巨大な戦斧《せんぷ》であったり、金棒であったり、金槌《かなづち》であったり、様々である。

「死ね!!」

襲いかかる魔族兵たち。

身体屈強な魔族の中でも、兵士を生業《なりわい》としている者たちである。

まともな人間ならば、一対一では絶対にかなわない。

「…………!」

だが、相手が悪すぎた。

迫りくる敵をゼオスはわずかに睨《にら》むと、一瞬にして間合いを詰め、魔族兵の腹に拳《こぶし》を叩《たた》き込む。

「ごっ……!」

ただでさえ強靱《きょうじん》な、単眼巨人《サイクロプス》種の魔族兵。

しかも腹には胴鎧《どうよろい》をまとっている。

その状態で、ゼオスの拳は鎧を貫通し、内臓まで達するほどの衝撃を食らわせる。

「ながっ……」

うずくまる単眼巨人種の魔族。

その横っ面に、回し蹴《げ》りを叩き込み止《とど》めをさすと、持っていた戦斧を奪う。

魔族の兵士でも「両手で使う」武器を、まるで木の棒を持つように「片手」で持ち上げるゼオス。

「なっ……」

そのさまを見て、他の兵士たちも歩みを止めるが、遅かった。

「ふんっ！」

戦斧《せんぷ》を一閃《いっせん》させ、兵士二人を一撃でふっとばす。

人間の倍近くあるということは、重量は三乗で、八倍に達する。

それを二人いっぺんにである。

「な、なんだあいつ……化け物だ!?」

ざわめき、ざわつき、恐怖する魔族たち。

ザイが連れてきた、妙な人間と思われていたゼオス。

武器も持っていない小娘一人、一撃で事足りると思っていた兵たちが、身をすくませた。

ゼオスは人間である。

だが、ただの人間ではない。

貧困と飢餓と暴力の世界で、何十万と死んでいった世界で、蠱毒《こどく》の壺《つぼ》のような生存競争の中を生き残った、「超人」なのだ。

いや、それこそまさに「人類種族のバケモノ」なのだ。

「…………」

無言で睨《にら》みつけ、戦斧の切っ先を、兵たちに突きつける。

それだけで、戦意をへし折るには十分だった。

「な、なんだ……なんなのだ兄上、そいつは!!」

「言ったろ、額面通りの価値のあるやつだ。俺はこいつに1億イェンを付けた」

真っ青な顔で叫ぶクゥーラに、ザイは得意げに語る。

この場にいるクゥーラの手下は百人程度である。

その程度、ゼオスならば一人で倒せる。

ことここに至って、戦力差はゼロ——否《いな》、ザイが圧倒的に有利だった。

「そ、そういうことか……」

己の窮地を、クゥーラは悟る。

多勢に無勢で倒せると思わせ、自分を引っ張り出し、人数差をひっくり返せるほどの規格外の戦力を投入する。

勝ち目はない……そう判断しかけた時、ザイはさらに、彼の予想を超えた行動をとった。

「誰か、剣を持て！」

この場にいる者たちは、ザイの家来ではない。

しかし、すでに場の空気は完全に掌握された。

誰ともなく、命令に従い、剣が一振り投げ渡される。

誰もが思った。クゥーラすら思った。

その剣で、クゥーラの首を切り、決着をつけるのだと。

だが、ザイという男の思考は、そんなもので終わっていなかった。

「もう一振りだ!!」

さらにもう一本、剣を寄越《よこ》せと叫ぶ。

「なに……?」

困惑するクゥーラに近づくと、ザイは二振りの剣のうち、一振りを投げ渡す。

「取れ」

「なんだと……?」

なにをしたいのかわからぬと困惑するクゥーラに、ザイは告げる。

「タイマンで決着をつけようぜ。勝ったほうが、負けたほうの生殺与奪の権を得る」

「………!?」

王手をかけた状態で、ザイは「対等の勝負」をもちかけた。

「なめやがって……」

クゥーラの顔に、怒りの色がにじむ。

勝利を決定づけたところで、相手を堂々と叩《たた》きのめし、「不忠者」「売国奴」として処罰する。

そうすることで、己の王位を示す。

それこそがザイの思惑であると、彼は考えたのである。

「やってやるよ兄上……負けそうになったら後ろの女に手出しさせるなんてナシだよなぁ!!」

「当たり前だ。殺したければ全力で来い！」

「言われるまでもねぇ!!」

ことここに至って、貴公子然とした振る舞いは脱ぎ捨て、クゥーラは剣を取り、ザイに襲いかかる。

「そうだ、それでいい！」

不敵に笑うと、ザイは己も剣を取り、それに応じた。


再び、城内の別区画――

囚《とら》われのタスクを救出すべく、メイとブルーは走っていた。

「あのさ……ちょっと気づいたんだけどさ？」

「なんだい？」

ふと、メイは不安げな顔で声をかける。

「アタシたちがなにやっても変わらないなら……タスク助けに行っても、助けられないってこと？」

「そうなる」

ブルーはおそらく正しいのであろう推測を述べる。

この世界が記憶の再現の世界であり、自分たちに変えることができないのなら、この行動自体意味がないという話になるのだ。

「それじゃ——」

どうするんだ、とメイが言いかけるが、その声を、ブルーは制した。

「だから、逆に言えば、僕らが失敗しても、問題ないってことさ」

「ん？　どゆこと？」

「だからさ」

ゼオスの記憶の世界であって、現実とは異なる。

だがその記憶は、現実の体験を元にしているのだ。

「タスク殿は初代魔王になる。その事実はゼオスくんの記憶でも確定している。だから多分なんだが、僕らが救いに行かなくても——」

そこまで話したところで、二人が進んでいた城内通路の曲がり角から、当のタスクが現れた。

「あ」

「やっぱり」

メイとブルーが助けに行かなくても、タスクの無事は確定している。

さらに言えば、ガルスに送られてしまえば、その後の歴史と異なる流れとなる。

なので、「なんらかの方法で、なにもしなくても、タスクは解放される」のだ。

「なんやびっくりした！　お姉ちゃんらかいな……無事やったん？」

「そらこっちのセリフよ」

魔族と人類種族の実年齢差はあれど、少なくとも、精神的にはタスクは子どもである。

にもかかわらず、遭遇して最初に彼が口にしたのは、「相手の無事」であった。

「アンタ、どーやって自由になったのよ、監禁されてたんでしょ？」

メイたちのように地下牢《ちかろう》ではなく、それなりの地位の者が入る個室に幽閉の形であったろうが、それでも、扉に鍵《かぎ》はかかっていたはずだ。

「甘いなお姉ちゃん」

言って、タスクが取り出したのは、一本の古釘《ふるくぎ》。

「これさえあれば大概の鍵は開くで」

キラリとひかった瞳《ひとみ》は、年相応の少年が持って良いものではなかった。

「たかが釘一本やけどな、舐《な》めたもんやないんやでぇ～」

「さ、さすが初代様……幼少期から修羅場くぐっているだけある……」

子孫であるブルーが、少しばかり引いてしまうたくましさである。

「ははは！　なによ、なかなか見どころあんじゃないの」

しかしむしろ、メイ的にはそこが気に入ったらしい。

ガシガシと、やや乱暴に、タスクの頭をなでた。


「──────!?」


突如、それまで笑顔だったメイの顔が青くなる。

「お姉ちゃん痛いって……………え？　どしたん？」

間近でそれを見たタスクが声をかけるが、返す間もなく、メイはその場に膝《ひざ》をつく。

「なに……この……この嫌な気分……！」

飢えたときは道端に生えた草を嚙《か》んでしのぎ、「まさに道草を食った、よ！」と豪語するほど頑丈なメイが、今にも吐きそうな顔になっていた。

「メイくん！　どうしたんだい!?　大丈夫かい！」

慌ててその体を支えるブルー。

「う、うう……」

「ま、まさか、もしかして……」

急な体調の変化、嘔吐《おうと》を催すほどの不快感………

「もしかして……おめでた？」

「違うわぁ！　ベタすぎんでしょ!!」

「ごっふぁっ!?」

メイに裏拳《うらけん》をかまされ、吹っ飛ばされるブルー。

「あーもう……そんなんじゃないって……」

「姉ちゃん、顔青いのに、赤なってるな」

「大人はいろいろあんのよ」

二人の会話の意味のわからない少年タスクに、メイはうざったそうに返す。

「そんなんじゃなくて……なんか、すっごい嫌な気分になったのよ。なんなのこの感じ……」

「ふぅむ……」

ふっとばされた反動で壁に体をめり込ませながら、ブルーは考える。

メイは勘が鋭い。

それはもはや本能の領域であり、「高度な危機察知能力」とも言える。

それがあればこそ、今どき、「ソロの勇者」として、魔王城まで至れたのだ。

(今のも、それだとしたら……？)

「嫌な予感」レベルで、吐き気さえ催し、立っていられなくなるほどの「なにか」が起ころうとしているのだとしたら？

「不味《まず》いな……」

ブルーの顔から、笑みが消える。

「ゼオスくん……キミは一体、かつてなにを経験したんだ……?」

自分が想定した以上に、この世界で大きななにかが起ころうとしているのかもしれない。

そして、いまここでその「なにか」が起こるとしたら、中心人物は、ゼオスとザイだ。

「急ぎましょ」

ブルーの沈痛な表情から、大体を察したメイが言う。

なにを変えられなかったとしても、自分たちはそれを最後まで見なければならない。

そんな、使命感にも似た思いが、二人の中にあった。

「んじゃ行くわよ初代様」

一刻も早く、ゼオスたちのいる本城に向かうべく、メイはタスクを脇《わき》に抱える。

「初代様? なんの話や?」

「気にしないで、その頃にはもうアンタ生きてないから」

「なんなん、僕死ぬん!?」

メイからしたら、千五百年後の事実を話しているだけなのだが、そのまま聞くとずいぶんと物騒な内容になってしまっていた。

「いいから、とにかく走るわよ!」

そして、メイとブルーの二人も、渦中の場へと向かった。

戻って、本城――ザイとクゥーラの対決は、早くも決着を見せようとしていた。

両者の剣は何度もぶつかり合い、その剣戟《けんげき》の音が、驚くほど静まり返った城内に響く。

クゥーラの家来たちは、もはや誰も手出ししようとしない。

ゼオスが睨《にら》みを利かせているから……というだけではない。

自分たちの次なる王を決する戦いを、阻害してはならぬという思いが、彼らにも芽生えていたのだ。

「くっ……ううう……」

「どうしたクゥーラ!!　それでしまいか!!」

戦いは、ザイの優勢であった。

双方、剣の腕に関しては、決してそこまでの差はなかっただろう。

むしろ、クゥーラの方が、真面目に鍛錬を積んでいた。

「オラァっ！」

しかし、ザイの方が遥《はる》かに、「ケンカなれ」していた。

訓練と実戦では、「気迫」に明確な差が生じる。

「チクショウ……」

時に自らを危地にさらけ出すザイと、城の奥で命令を下すクゥーラでは、その差は歴然であった。

ガキンと、とりわけ大きな金属同士の衝撃音が響く。

剣が弾《はじ》かれ、その勢いのままに、ザイは地面を転がる。

「これで、終《しま》いだな」

倒れたクゥーラに、ザイは告げる。

勝負は、決した。

「ううう……」

「俺の勝ちだな、クゥーラ……これでオマエの命は、俺が自由にできるわけだ」

クゥーラの眼前に剣の切っ先を突きつけながら、ザイは言う。

「勝ったほうが、負けたほうの生殺与奪の権を握る」という決闘である。

誰もが、破れたクゥーラは、命を取られると予想する。

しかし、その予想は裏切られる。

「クゥーラ……俺と一緒に来い！」

「なに!?」

ザイの告げた言葉は、「命を奪わない」という選択であった。

「言ったよな、俺は傷があろうが汚れてようが、額面を信じる」

クゥーラは確かに、ザイを裏切り、国を売ろうと企《たくら》んだ。

だが、その企みを気づかせることなく、少数の配下のみでことを行い、ガルスに秘密裏に交渉を持ちかけ、約束を取り付けた。

「オマエの外交力と交渉力は、惜しい！　過去はどうでもいい、俺につけ！」

エンドの国は、ガルスに比べ遥《はる》かに弱い。

その国が勝とうというのなら、人材の出自や経歴などこだわっていられない。

自分を殺そうとするくらい、殺せてしまうくらいの者こそ、戦力になるのだ。

「……兄上」

呆然《ぼうぜん》と、クゥーラはザイを見つめる。

怒りも憎しみも超越し、自らの理想を爆進せんとする兄を見る。

突きつけていた剣を下ろし、ゆっくりと、手を伸ばす。

「あなたは、なんて……」

ザイは、なにも言わない。

ただ許すように、口元をほころばせる。

そして、クゥーラの伸ばした手を、握り返そうとした。

それで全ては解決する。

怨讐《おんしゅう》を超えて、兄弟が手を取り合い、国は一つにまとまり、力を合わせ、大国の侵攻をはねのける物語が始まる。

「そんなの、ゴメンだ」

だが、そうはならなかった。

クゥーラは再び剣を握ると、ザイに斬《き》りかかる。

わずかな隙《すき》を突き、懐に隠していた小瓶を投げつける。

「なに!?」

とっさに、それを叩《たた》き割ったザイ。

しかしそれは、誤った選択であった。

彼が投げつけたそれは、一種の痺《しび》れ薬——つねに外敵を恐れ、策謀を張るクゥーラは、万が一にそなえ、「いつでも毒殺できるように」携帯していたのだ。

「ちぃ……くそっ!!」

無論、相手に飲ませて初めて効果のある薬品である。

振りまいたところで、死には至らない。

しかし、わずかな時間だが、視力を封じるには十分だ。

「死ね！　兄上!!」

勝利を確信し、剣を振りかざすクゥーラが叫ぶ。

だが、それがいけなかった。

「このバカヤロウが!!」

目は見えずとも、耳は聞こえるのだ。

クゥーラの声に向かって、ザイは全力で剣を振り抜く。

「がっ――」

その斬撃《ざんげき》は、見事にクゥーラの片腕を切り落とした。

今度こそ、終わりであった。

「残念だ。クゥーラ……」

罪を許し、共存を持ちかけたにもかかわらず、なおも刃《やいば》を向けられては、もう「それ以外」の選択はできない。

せめて一思いに殺してやるだけが、兄にできる最後の手向けであった。

「ひっ……ひひっ……終わるかよ、まだ終わるかよ!!」

片腕を落とされながらも、なおもクゥーラはあがく。

整えていた髪を振り乱し、血をぼたぼたとながしながら、這《は》いずるその姿は、哀れみさえ覚える。

みっともない悪あがき……誰もがそう思った。

しかし、ただの悪あがきではなかった。

「まだ、俺にはこれがあるんだよぉ!!」

叫ぶや、クゥーラは懐からまたしてもなにかを取り出す。

またも毒薬の入った小瓶かと思われたそれは、小さな木箱であった。

「それは…………?」

ボロボロの木箱、なんのことはないゴミのようにも見えるそれに、ザイは視線を向ける。

彼はそれを知っていた。

いつか、そう、幼き日に、クゥーラとともに、前王の父から聞いたのだ。

「どこぞの商人が売りつけてきたくだらぬ呪《のろ》いものだ」

そう言っていた、あの箱である。

興味をもって開けて見てみたことがあるが、中に入っていたのは、木の枝のようなミイラの一部だけ。

そう、その呪物《じゆぶつ》の名は――

「〝邪神の腕〟…………!」

ぼそりと、ザイがつぶやいたのと、クゥーラが残った片腕で無理やり開けた箱の中にあった、そのミイラの一部――なにかの腕のミイラを、自分の断ち切られた腕に代わってつなげたのは、ほぼ同時であった。

「が――――――!!!」

こだまする、クゥーラの叫び声。

真っ黒のなにかが、あふれる。

枯れ枝のようなミイラの腕が、急速に膨らみ、生気を取り戻していく。

どす黒い、巨大な腕が、大小様々な血管を浮かべ、どくりどくりと、不気味な脈動を起こしている。

「それは……それは……!!」

くだらぬ呪いものと思われたそれは、正真の呪物であった。

持つ者に、強大な力を与えるという呪いの魔道具。

古《いにしえ》の邪神の遺物、〝邪神の欠片《かけら》〟の一つであった。

「がはははははははは！！！」

邪神の腕より延びた血管は、クゥーラの体にまで延び、広がっていく。

腕を切られた痛みも消えて失《う》せたか、それどころか異様な快楽すらもたらすのか、よだれをながしながら、狂気の笑い声をあげている。

「なんという、なんという素晴らしい！　もっと早くこうしていればよかった!!」

腕から溢《あふ》れ出す魔力は、よほどの高位魔族でも有さぬほど強大なものだった。

「では兄上………死んでください！」

笑いながら振り返ると、クゥーラは歪《いびつ》なまでに膨れ上がった〝邪神の腕〟を振り下ろす。

直後、巻き起こる轟音《ごうおん》と、続く爆発音。

拳《こぶし》を床に叩《たた》きつけた。

それだけで、まるで城塞《じょうさい》破壊級の魔法が放たれたかのような爆発が起こったのだ。

「がっ……がはっ………」

「ははっ！　しぶとい！　さすが兄上だぁ！」

ザイはかろうじて一撃を躱《かわ》したが、躱した上で、唸《うな》りを上げた拳《こぶし》の衝撃の余波に吹き飛ばされた。

「躱したのにこれかよ……」

口端から血をにじませながら、常軌を逸した力に戦慄《せんりつ》する。

「はぁーははは！！　兄上、まずは先程のお返しです！」

狂喜するクゥーラ。

回避したにもかかわらず、ザイの持っていた剣はへし折れ、それどころか、その剣を持っていた腕が引きちぎれていた。

「ザイ様!!」

「うろたえるな！　もげたのは俺の腕だ！　オマエらの腕じゃねぇ！」

声を上げる兵士たちに、ザイは一喝する。

腕の激痛も辛《つら》いが、今この状況下で、混乱に陥るほうが目も当てられない。

「おのれ！」

しかし、それでもなお兵士たちは落ち着かなかった。

恐怖は焦りを生み、焦りは怒りを生む。

怪物と成り果てたクゥーラに、兵士たちが殺到する。

「なんだぁ……お前たち……もう兄上に鞍替《くらが》えしたのかよ」

苦笑いをするクゥーラ。

兵士たちは、元は彼の配下だったが、すでにもうその心は離れていた。

「まぁいいや……こっちだっていらねぇし!!」

唸《うな》りを上げて、クゥーラの腕が、彼らを弾《はじ》き飛ばした。

ふっ飛ばした、ではない。

弾いて、飛ばしたのだ。

水の詰まった革袋が破れたように、武装した兵士たちが、腕のひとなぎで破裂させられたのである。

「来るな――――!!!」

残った他の兵士たちが恐怖に身をすくませるより先に、ザイが叫ぶ。

「近づくな! こいつに立ち向かおうとするな!!」

もはやクゥーラは、魔族でも人間でもない別のなにかに成り果てた。

よく言って、「意志を持つ災害」のようなものだ。

まともに戦って、どうこうなる相手でないと、瞬時に彼は判断したのである。

「城門を全て閉じろ！　こいつを外に出すな‼」

もし城外に出て、グヤの街に踏み込めばどうなるか……考えるまでもない、目についたものを片っ端から壊す、虐殺が始まるだろう。

「城内の非戦闘員の避難を優先！　あと、武器庫から武具を片っ端からここにもってこい！できるだけ頑丈でデカイのからだ‼」

兵士たちに、「戦うな」「逃げろ」ただし「武器だけもってこい」と命じる。

その理由は一つである。

今現在、この場で唯一、クゥーラに対抗できそうな者が、より戦えるようにするためである。

そして、ザイは背後に立っていた人類種族の娘に問う。

「頼めるか、ゼオス！」

魔族が人類を頼る。

男が女を矢面に立たせる。

道理など全て無視して、現在、最大の戦闘能力を有するのは、彼女なのだ。

「まったく……とんでもないのが出てきたもんね……！」

戦斧《せんぷ》を構え、一歩前に出る。

兄弟の一騎討ちを、彼女は邪魔するつもりはなかった。

ザイ自身に、「自分が死ぬことがあっても手出しするな」と言われていた。

だが、もうすでに、その範ちゅうは超えている。

「おおおおっ！！！」

戦斧《せんぷ》を振り回し、その重量を利用して、大きく跳ぶ。

「このクソ人間がぁ!!」

クゥーラの腕が繰り出されるが、正面から戦斧で迎え撃つ。

またしても起こる爆発音にも似た衝撃が、周囲に走った。

柱を歪《ゆが》ませ、壁にヒビを走らせ、小柄な者なら立っていられないほどのそれ。

「ぐう……！」

直後、初めてクゥーラの顔がゆがむ。

同時に、ゼオスの持っていた戦斧は砕ける。

「ちっ！」

小さく吐き捨てるゼオス。

超常の力を繰り出すクゥーラだが、超人的な力を持つゼオスなら、互角の戦いができる。

だが、ゼオスの全力に耐えられる武器がない。

「急げ！　早く武器をもってこい、ありったけだ!!」

それを予見していたザイが、改めて、兵士たちに命じる。

耐えられる武器がないのなら、壊れた端から取り替えるしかない。

「は、はい！」

ようやく命令の意味を理解した兵士たちが、大慌てで武器庫に走った。

「くぅ……まだ邪魔するか、兄上ェ……」

クゥーラの目から、まだかすかに残っていた理性が消失していくのがわかった。

〝邪神の腕〟の力に飲み込まれ、自分に敵対する者は全て、ザイに見えるようになったのだろう。

「ここまでいくと、哀れみを覚えるよ」

言いながら、ゼオスは兵士が落としていった剣を二刀に構える。

「でも、こうなった以上、こっちも殺す以外の選択肢はない‼」

そして、再びクゥーラに向かって斬《き》りかかる。

第八章

ターニング・ポイント

本城に続く通路を走るメイとブルー。

そこに、なにかの爆撃音のような衝撃が響く。

「また……なんなのよこれ！」

「とてつもないな……巨竜の軍勢が襲撃でもしてきたのか？」

メイとブルーも、この考えられない事態に困惑する。

「どうやら、メイくんの嫌な予感は的中してしまったようだ」

この先に、吐き気を催すほどの、「最悪」の存在がいる。

「な、なんなん……？　この城の中でなにが起こってるんや？」

メイに抱えられているタスクも、うろたえ、戸惑っている。

「どうするブルー？　この子どっかに置いてく？」

いかな「記憶の再現の世界」と言えど、子どもを危地に連れて行くのははばかられる。

そう思ったメイが尋ねるが、ブルーはしばし返答を留める。

「いや……僕も連れてって。どのみち、この状況やったら、どこおっても変わらんで」

その前に、タスク自身が同行を訴えた。

城内どころか、城外まで響く轟音《ごうおん》。

これでは、「安全な場所」などあるかどうかも疑わしい。

それならばいっそ、メイたちと共にいたほうがまだ危険が少ない――だけではない。

「ザイ兄ちゃんがなにやっとるか……僕、見とかんとアカン気がするんや」

幼い少年の目には、弱いが、確かな王の決意があった。

「わかりました。行きましょう。タスク殿」

その答えを聞き、ブルーは決断し、再び二人は走り出す。

轟音と衝撃、振動はさらに激しさを増す。

それがより大きい方に駆けていくにつれ、そこにさらに、猛獣の雄叫《おたけ》びのような声が聞こえてくる。

「なんなのよ……これ……」

走りながら、メイの額に汗がにじむ。

今まで、勇者として数多《あまた》の戦いを繰り広げてきた。

火を吐くドラゴン、毒を操る妖華《ようか》、島と見紛《みまが》うばかりの海獣。

しかし、それらを前にした時と、圧倒的にことなる感覚が、彼女の肌を粟立《あわだ》たせていた。

「どんなバケモノがいるっての……！」

そして、ついに彼らは、戦いの場にたどり着く、そこで見たものは――凄《すさ》まじいばかりの、破壊の光景であった。

「なんだ……これは！」

ブルーは思わず息を呑《の》んだ。

本城の大広間……床は砕け、柱は倒れ、天井まで落ちている。

そして、周囲に散らばっている、無数の金属片。

その真ん中に、歪《いびつ》な巨大な片腕を持つ怪物と、それと対峙《たいじ》する、満身創痍《まんしんそうい》のゼオスがいた。

「ゼオスくん！　これはなんなんだ！　その怪物は一体……！」

「はぁ……はぁ……はぁ……」

荒い息を吐きながら、ゼオスがわずかに視線を向ける。

「ああ、アンタたち……来たの……」

ボロボロの姿で、かすれるような声であった。

「こいつは……クゥーラだ……なんかわかんない力で怪物になっちゃって……百回は死んでもおかしくないくらい食らわせてやったんだけど……死なないんだよ……」

周囲に散らばった金属片は、ザイの命令でかき集められた、城内の武具である。

剣に槍《やり》、斧《おの》にハンマー、一個軍団をまかなえるだけの武器。

それら全てを、壊れるまで撃ち放ってなお、クゥーラは死ななかった。

「それが……この怪物がクゥーラだと……!?」

信じがたいという声で、ブルーは言う。

クゥーラはすでに、元の形のほとんどを失っていた。

あえて残っているものといえば、せいぜい「人形《ひとがた》である」くらい。

それすらも危うくなっている。

「なにがあれば、こんなことになるんだ……」

肥大化した巨大な左腕、そこから延びる無数の血管は、体中に走り、皮膚は赤黒く、まるで溶岩のようである。

「ボブゥ……バビブ……ボボボ……」

何かが吹き出すような音……それが、彼の口から漏れ出た「声」であると察するのに、時間を要するほどであった。

「あたしもよくわからない……でも、なんか……〝邪神の腕〟とかいうのを使ったらしい」

「〝邪神の腕〟だって!?」

ゼオスの口から出てきた言葉に、ブルーは驚く。

ブルーもメイも、以前同じく〝邪神〟の名を冠された力を有した者と相対した。

その者が使用していたのは〝邪神の瞳《ひとみ》〟——魔族も人類種族も免れぬほどの、「偽りとわかっていても抗《あらが》えない」ほどの幻影を生み出す力を有していた。

(〝邪神の欠片《かけら》〟の一つを使ったのか……だが……?)

わずかに、疑問を抱くブルー。

邪神は、千数百年前、まさにこの時代に勇者によって倒され、その死骸《しがい》の一部が〝邪神の欠片《かけら》〟として現代に伝えられている、そのはずだった。

（この時代にすでに〝邪神の欠片〟があった……それでは計算が合わない……？）

しかし、その疑問の答えが示される前に、クゥーラが……否《いな》、「クゥーラであった」もの、今はただの怪物が、襲いかかってきた。

「ちいっ!!」

素早く飛び退《すさ》るゼオス、手に持っていたのは鉄塊のごとく分厚い、本来ならば両手持ちで使用するはずの大剣、それを片手で、重量を全部乗せる勢いで、怪物の脳天に叩《たた》きつけた。

「ガブッ!?」

防御も間に合わず、胸元まで切り裂かれる。

頭部が破壊されたのだ。どんな生物でも絶命する一撃だ。

しかし、なおも怪物は倒れない。

「グビババァ……」

ぐじゅぐじゅと、不気味な音を立て、切断面が繋《つな》がり、元に戻る。

いや、正確には、切られた部分が歪《いびつ》に盛り上がり、より醜い怪物へと変わっていた。

「ずっとこの調子だ……なんど斬《き》っても突いても砕いても、再生を繰り返す。繰り返した分だけバケモノになっていく！」

　悔しげに、ゼオスは吐き捨てる。

　怪物は、力も防御も速さも、どれもまさしく怪物級であった。

　だがそれ以上に恐るべきものが、「無尽蔵の再生力」であったのだ。

　ゼオスの全力ならば、通用するダメージを与えられる。

　しかし、殺しきれない。

　わずかにでも生き残っている部分があれば、また元に戻る。

「こっちの体力は有限なのに……さすがに分が悪い！」

　対抗できる力はあれど、殺しきれずのエンドレスゲームでは、超人的ではあるが人間の範ちゅうのゼオスでは、抗《あらが》いきれない。

「くっ……！」

　そう言っているうちに、怪物は再び動き出す。

　膨れ上がった腹が裂け、そこから巨大な口が現れる。

　ゼオスと、新たに現れたメイたちを食い殺そうと迫る。

「ブルー、この子お願い!!」

　メイはとっさにタスクを投げ渡すと、そこらに転がっていた剣を手に取る。

「おおおおっ!!」

そして、突撃をかけてくる怪物の右足を切り裂き、動きを止めると、返す刀で肥大化していない方の右腕を切り落とす。

ただでさえ醜悪に膨張したような怪物は、それだけでバランスを崩し倒れる。

「死ね!!」

そこに、間髪容《い》れずに、左胸——心臓の位置に刃《やいば》を突きつけた。

「ダメ、それ無駄、やった!!」

一瞬、わずかに気を抜いたメイに、ゼオスが叫ぶ。

「げっ!?」

切り落とした腕から、血管が触手のように伸びて、メイを絡め取ろうとする。

「急所は全部試した! 全部効かない!!」

寸前、駆け寄ったゼオスが、血管を薙《な》ぎ払いながら叫ぶ。

「ちっ!」

だが、その斬撃《ざんげき》で、持っていた大剣はひび割れ砕け散る。

「ああもう、うざったい!!」

それはメイの持っていた剣も同様であった。

メイにゼオス、ともに超人的な膂力《りょりょく》を有するが、それゆえに、通常の武具では、彼女たちの「全力」に武器が耐えきれなかった。

しかし、当の怪物は、二人の全力でなければ、ダメージを与えられないのだ。

「体力よりも先に、得物がなくなったら終わりじゃない……」

大広間には、まだいくらかの運び込まれた武器がおかれているが、それも数え切れる程度。

こんな戦闘を繰り返していれば、使い切るのは時間の問題だった。

「くう……〝光の剣〟があれば！」

歯噛《はが》みするメイ。

彼女の愛用の武器、勇者専用の装備。

それこそ、古《いにしえ》に天の神々が、邪神を倒すために地上の民に授けた究極武装。

「あれなら、壊れるなんてことはないのに！」

持ち手の精神力を刃に変換する〝光の剣〟、あれならば、「刃が砕ける」こと自体が起こらないのだから。

しかし、今それはない――

(不味《まず》いな……くそっ……)

焦りは、ブルーも同様に抱いていた。

無駄を承知で、掌《てのひら》に魔力を集めてみる……しかし、何の反応もない。

この世界に来る前に、愛天使ピーチ・ラヴの前で確認したことだ。

武器も持ち込めない、魔法も使えない、と。

（せめて魔法が使えれば……）

ブルーの魔力なら、炎の魔法で、再生速度よりも早く細胞を焼き尽くすこともできた。

もしくは、氷の魔法で氷結させ、動きを封じることもできただろう。

今は、それも不可能である。

「ど、どないなっとん!?　あれ、クゥーラ……うわぁ……えらい姿に……」

抱えていたタスクが、半ば混乱しつつ喚《わめ》いていた。

「初代様……いえ、タスク殿、静かに……怪物がこちらに来れば、守りきれません」

冷や汗を垂らしながら、ブルーは告げる。

あの怪物にもはや理性はない。

動くもの、音を出すもの、目に映った生き物全てを、本能的に襲っているだけだ。

メイやゼオスほどの武芸武術を持たないブルーでは、こちらに来られても、タスクどころか、自分の身を守ることすら危うい。

「に、にーちゃん!?　ザイのにーちゃんはどこや!?　死んだんかぁ！」

「ですから、静かに……ん？」

なおも喚くタスクを諫《いさ》めながらも、ブルーも気づく。

「ザイはどこだ？　彼は……まさか、死んだのか!?」

怪物に成り果てたクゥーラが、怪物に「成って」「果てて」も殺したかったのは、兄のザイである。

そのザイの姿が、どこにも見えないのだ。

「いや、死んでない。生きている……」

再び立ち上がり、襲いかかる怪物相手に、新たに手にとったハンマーで迎撃しながら、ゼオスが言う。

「逃げた」

「なんだってー!?」

この戦いの中心人物のまさかの逃走に、声を上げるブルーであったが、ゼオスはとくに意に介していないようであった。

「いいんだ。あいつがいても足手まといだ。死なれるくらいなら逃げてくれたほうがいい」

ゼオスも、いついなくなったかわからなかった。

殺されたところは見ていないし、死体らしきものも見ていないので、生存はしているのだろう、というのが分かる程度であった。

「ったく……いろんな意味で大胆なやつね、この状況下で逃げるなんて」

わずかに呆《あき》れたようなメイであったが、「まぁいてもいなくてもかわらないのは事実だしね」とでも言いたげな顔で、ため息を吐《つ》く。

そこまででもないが、ブルーもおおむね同意見であった。

戦力にならないのなら、キングが無理して盤上にいる必要はない。

しかし、残る一名、タスクは別の感想を抱いていた。

「いや、ありえへん……兄ちゃんは合理主義者なんや、ただ逃げるなんてあれへん」

幼少期からの仲である、兄弟分の性質をよく知っている、さらに言えば、幼いながらも、高い観察力と洞察力を有する未来の魔王は、確信を持って言う。

「ただ逃げるなんてことはない！　兄ちゃん、なんかしら逆転の目を見つけたんや！」

困惑と混乱で、希望的観測にすがりついたのではなかった。

「逆転の目って、なによ――」

と、メイが言いかけたその時、声が響く。

「当たりめぇだ!!　この俺が、ただ逃げるわけねぇだろ、もったいねぇ！」

大広間二階にある通路、キャットウォークと呼ばれる部分に、ザイが立っていた。

「こちとら片腕失って、血も流しまくってんだ！　そんな意味のねぇ体力の使い方するか！」

ザイの右腕はもがれ、止血はしているものの、かなりぞんざいな処置だったのか、止まりきっていない血が流れ出している。

常人なら痛みで気を失いかねない中、真っ青な顔で、ザイはなおも不敵な笑みを浮かべる。

「ゼオス、時間稼ぎご苦労！　後は任せておけ!!」

「任せてって……アンタ、なにをするつもりなのよ！」

てっきり、この状況下において、自分に怪物退治を任せたのだと、ゼオスは思っていた。

しかし、ザイの考えは違った。

ゼオスはあくまで、「時間稼ぎ」。

怪物を倒すためのモノを持ってくるまでの、場繋《ばつな》ぎであった。

「ベッタベタだが、目には目を、歯には歯をってな!!」

残った片腕で、ザイがかざしたのは、枯れ枝のような細いなにか――なにかの生き物のミイラのようなもの――〝邪神の腕〟であった。

「それは、〝邪神の腕〟なのか!?　なんでもう一本あるんだ!?」

「バーキャロイ！　腕ってのは二本あるもんだろ！」

「そういうものなのか!?」

困惑するブルーに、ザイは高いテンションで返す。

おそらく、痛みを麻痺《まひ》させせようと、脳内麻薬が過剰分泌されているのだろう。

「売りつけた商人の箱の中には、二本入ってたんだよ。一本は昔、俺がガメたんだ」

ザイは逃げたのではない。

城内の自室にしまっていた、もう一本の〝邪神の腕〟を取りに行っていたのだ。

「ちょっと待ちなさいよ！　まさか、アンタ、それ使う気？」

「その通りだ！」

信じられないという声を上げたメイに、ザイはやはり堂々と肯定する。

「ちょうどこっちの腕も片方ねぇんだ！」

「ま、待つんだザイ！　さすがにそれは……!!」

〝邪神の腕〟を同じように用いたクゥーラが、正気を失い力に飲み込まれ、怪物と化した。

それと同じ轍《てつ》を踏もうとしているザイに、ブルーは声を上げた。

「問題ねぇ、俺ならこいつを使いこなせる！」

「その根拠は！」

「ない！」

「ないのか!?」

無根拠な自信を、堂々と宣されると、却《かえ》ってツッコむ方が困る有様だった。

「勝算がねぇわけじゃねぇ！　あの時、クゥーラは追い詰められ、心が折れかけていた。気の持ちようで、ある程度制御できるかもしれねぇ！」

先の顛末《てんまつ》で、兄に敗れ、手下から見捨てられ、片腕を失い、クゥーラはすでに錯乱状態にあった。

そんな状態では、抑えられるものも抑えられない、となってもおかしくない。

だがそれも、推測に過ぎない。

それでもなおザイの決断は揺るがなかった。

「仮にダメだったとしても……あるだけで脅威にはなる。最悪、共倒れに持ち込めばいい」

壊れて狂った弟を止めたい——だけではない。

このままでは、城も、家来も、民も、暴走した怪物に破壊されるのみ。

「ここでヤバい橋渡ってでも、止めねぇでなにが王だ！」

自分自身を怒鳴りつけるように大きな声を上げると、ザイは自らの失った右腕部分に、〝邪神の腕〟をつなげた。

(いけるのか……だが、これが歴史の再現ならば、これで上手《うま》くいく……？)

僅《わず》かな可能性をブルーが思案したその時、もう一つ、別の異変が起こっていた。

「だめ……です……」

「ん？」

その声は、聞き覚えのある声であった。

しかし、ずっと、先程からずっと聞いている。

正確には、「別人のような話し方」になっていた者の声だった。

「ダメ……ダメですザイ！！！　それだけはしてはいけない‼」

ブルーが声の方向に振り返った時、そこにいたのはゼオスだった。

千五百年前の、人間の剣士であった、赤髪のゼオスではない。

いつもの美しい銀色の髪に戻った、税天使ゼオスの顔であった。

「ゼオスくん……！」

そこで、ブルーは気づく。

ここだったのだ。

彼女が、人間であった頃に後悔した瞬間。

この後悔こそが、彼女が天使に転生した理由であり原因。

そして、世界が止まった。

「な、なに……!?」

困惑の声を上げるメイ。

それまで暴れていた怪物も、わめいていたタスクも、〝邪神の腕〟を己につなげたザイも、全ての動きが止まった。

単純に動きを止めたのではない。

時間が停止した……いや、もっと言えば、「記憶の再生」が停止させたのだ。

「ゼオスくん……」

動いているのはブルー、そしてメイと、がっくりと膝《ひざ》をつき、その場にひざまずいているゼオスのみであった。

さらに、世界が黒に覆われる。

夜の闇《やみ》ではない。

陽の光の差さぬ、洞窟《どうくつ》の奥のような闇《やみ》でもない。

根源の光もない、ただの「無の闇」の中に、三人だけがいた。

「これは……わたしは……」

すでに、ゼオスは、髪色だけでなく髪型も、現代の頃に戻っている。

無数の傷は消えてなくなり、まとっていた鎧《よろい》や服も、天使のそれに戻る。

さらには、背中に翼が現れている。

「そう……ですか、なるほど……」

わずかに困惑していたが、すぐに、メイとブルーがいる理由を理解する。

すでに、頭の回転も、いつものゼオスに戻っていた。

「面倒を、おかけしてしまったようですね……」

もうすでに、冷静沈着な、感情を表に出さない、いつもの顔になっていた。

だが、それでも、己の過去を再体験した影響は残っていたのか、わずかに、足元がふらついていた。

（ゼオスくん……封印刑は、己の過去を省みて、自分がなぜ天使になったか、その理由を思い出させる刑罰……だとしたら……）

そのために行われていた「過去の再現」が止まり、ゼオスが天使に戻ったということは、あの瞬間が、彼女にとっての「天使になった理由」すなわち――

（彼女にとって、人間であったころの、もっとも強い後悔の瞬間……）

なんと言って声をかけていいか、ブルーには言葉が見つからない。

「えっと、あのさ……」

それはメイも同様であったが、考えるより先に体が動く彼女は、なにかゼオスに問いかけようとする。

「細かいことは後です。ただ、わたしを起こしに来たのではないでしょう？」

問いかけたほうが、逆に問いただされていた。

「あ、ああ……実は……」

ようやく、声をかけることができたブルーが、ここまでのあらましを説明する。

魔王城が、センタラルバルドによって邪法〝テキタイテキバイシュウ〟の危機にあること。

そのセンタラルバルドに、〝ゼイホウ〟違反の疑いがあること。

それを、ゼオスに調べて欲しいということ。

それらを、なるたけ簡潔に伝える。

「わかりました。では行きましょうか」

一通り聞き終え、なにごともなかったかのように、ゼオスは言う。

ここはまだ彼女の精神世界。

現実世界に戻るには、彼女の誘いが必要なのだろう。

「た、頼むわよ。魔王城の存亡がかかってんだから」

少し引きつった笑顔で、メイは軽口を叩《たた》く。

そうでもしないと、この重い空気に潰《つぶ》されそうだったから。

「わたしは、あなた方の通告を元に、自分の仕事をするだけです。調査結果があなたがたの意に沿う形になるか、保証はできません」

戻ってきた返事は、いつものゼオスであった。

四角四面で、堅物で、融通の利かない税の天使。

「まったく……戻ったら戻ったで、愛嬌《あいきょう》がないわねぇ」

苦笑いをするメイ。

だがそれが、今は少しだけホッとするものであったのも事実だった。

「戻ります。お二人とも、わたしのそばに」

ゼオスの翼が広がり、光が「無明の闇《やみ》」の空間にあふれる。

直後、三人は現実世界に帰還した。


現実世界、魔王城謁見の間——

そこに置かれていたクリスタルが砕け散り、ゼオスは完全に封印刑より解放された。

「ゼオスさん！」

復活した彼女に、駆け寄る少女の姿。

ゼイリシのクゥ・ジョ――ではない。

まだ小さな羽の、褐色の天使、イリューであった。

「帰還したようだな、ゼオス・メルよ」

いたのは、彼女だけではなかった。

天をつくような巨軀《きょく》の天使。

ゼオスを封印刑に処した、愛天使、ピーチ・ラヴも立っていた。

「愛天使様……」

即座に姿勢をただし、頭《こうべ》を垂れるゼオス。

二人は、ゼオスの復活に気づき、彼女の出迎えに降臨したところであった。

「封印刑を終えたということは、自らの悔恨の瞬間を正視したということだな」

「は……」

問いかけるピーチ・ラヴに、ゼオスはかしこまって応える。

「今のその思い……ゆめ、忘れるな。よいな」

「はっ……」

どのような光景を見たのか、それによってどう思ったかなど、ピーチは聞かない。

そんなものはもう必要ないくらい、ゼオスが痛感したことを、愛天使は知っているのだ。

封印刑を終えるということは、そういうことなのである。

「より一層、己が職務に励みたいと思います」

「うむ」

堅苦しさすら感じる、型通りの返事であったが、ゼオスには、本心からの言葉であった。

それを知るピーチは小さくうなずき、そして、どこか残念そうな顔になる。

「だがしかし、少し遅かったかもしれん」

「は……？」

顔を上げ、ゼオスは謁見の間を見渡す。

彼女ら天使たち以外に、この場には四人がいた。

メイとブルー、そしてクゥ、さらにもう一人……

「ふはははは……お勤めご苦労、税天使！　だが、少々寝過ごしてしまったようだな」

その男は、高笑いをあげ、ゼオスの帰還を出迎える。

謁見の間の上座にある、魔王の玉座。

その前に立つその男は、元魔族宰相のセンタラルバルドであった。

「あなたが……なぜここに……？」

「簡単な話だ。全部終わったからだよ、私の完全勝利でな」

問いかけるゼオスに、センタラルバルドは愉悦の笑みを浮かべ、謁見の間の中空に浮かぶ、「買い取り見取り図」を指差す。

そこには、邪法〝テキタイテキバイシュウ〟によって、強制的に値がつけられ、「購入可能」にされた魔王城の全体図が映し出されていた。

「全部買い占めた。この私がな」

その画面に、もう値札は表示されていない。

全てが「SOLD OUT」になり、大きく「完売」の表示が浮かんでいた。

魔王城は、その全てが、買い取られてしまったのだ。

「クゥ、クゥ！　しっかりして!!」

「ダメだメイくん、ゆらしたら！」

この城の持ち主であった、メイとブルーの、追い詰められたような声がする。

すでに、ゼオスよりひと足早く帰還し、覚醒《かくせい》していた二人。

ゼオスの復活よりも、優先させねばならない事態が起こっていた。

「よくがんばったよそのガキは……全ては無駄に終わったがな」

嘲《あざわら》うセンタラルバルド。

二人は、倒れて意識を失っているクゥを介抱している真っ最中であった。

ゼオスを封印刑から解放するために、メイとブルーが精神世界に赴いている間、たった一人で、邪法の侵攻に抗《あらが》い続けたクゥ。

その奮闘虚《むな》しく、城は陥落。

一週間以上寝ずの戦いを繰り広げた少女の体も、限界に達したのだ。

「これで、これで終わりだ。私の勝利だ!!」

自分をどん底に叩《たた》き落した者たちへの復讐《ふくしゅう》。

それが完遂し、歓喜の声を上げるセンタラルバルド。

だが、それだけではなかった。

彼の得た物は、復讐の快楽だけではなかった。

「これで私が、新たなる魔王だ!!」

これこそが、彼の最大の目的だった。


人類種族領にある、センタラルバルトが使用していたアジト。

そこで、ノーゼは映し出される「買い取り見取り図」を眺めていた。

「バカな子ね……忠告してあげたのに」

無駄な抵抗はやめろと告げられてなお、クゥは抗うことを止めなかった。

ありとあらゆる手段を用いて、センタラルバルトの買い取り攻勢を、一分一秒でも遅らせようと、不眠不休で、食事どころか水すらろくに飲まず抵抗を続けた。

その挙げ句、ついに疲労で倒れてしまった。

「…………」

パチンと、ノーゼは無言で指を弾《はじ》く。

直後、もう一つ画像が空間に浮かぶ。

それは、今現在の魔王城謁見の間の光景であった。

「こう、なるわよね……」

倒れたクゥに駆け寄るメイとブルー。

高笑いを上げるセンタラルバルド。

そして、復活したゼオスが映っていた。

「無駄な抵抗……でも、やめられなかったんでしょうね」

三日前、クゥの前に現れ、自分の正体を告げた。

〝ゼイホウ〟を用いて天に背く者、〝税悪魔〟であるということ。

そして、自分もクゥと同じ〝ゼイリシ〟の一族だったということ。

「自分の一族に誇りを持っていたあの子からすれば、私に下るのは、耐え難い屈辱だった
……いえ、それだけじゃない」

ノーゼは言った。

いずれ、〝ゼイリシ〟は必ず、仕えた主に疎《うと》まれる日が来る——

他の一族は皆死に、天涯孤独の身の上のクゥにとって、メイとブルーは、家族も同然の大切な存在である。

その二人に、いつか嫌われる日が来る、憎まれる日が来るなど、彼女にとって、絶対に認められない予言であろう。

「私に抗《あらが》うことで、その事実から目を背けようとしたのね。かわいそうに……」

ノーゼの表情に、笑みはなかった。

むしろ、心からクゥを憐《あわ》れむ、悲しげな顔であった。

それは、かつての自分ならば、クゥと同じように、現実を認めなかっただろうから。

だからわかるのだ。

いつか来るその日に、あの少女が絶望したときの、死にも勝る苦しみが。

「そうなる前に、こっちに引っ張り込んであげたかったんだけどね」

驚くべきことに、この時のノーゼの感情は、間違いなく、クゥへの憐憫《れんびん》と慈悲に満ちていた。

「賢いのも考えものね……あの子、気づいちゃったのよね……なら、こうもなるか」

ひとりつぶやきながら、ノーゼはもう一方の「買い取り見取り図」の画面を見る。

全て買い占められ、「完売」の表示がなされている。

魔王城は完全に、センタラルバルドの所有物となった——

「それだけじゃないのよね」

これが、彼女の仕掛けた、今回の企《たくら》みの真の目的であった。

あんな、あちこちガタが来ている中古物件の城など、大枚はたいて買い取る理由はない。

ここまでかけた金は、1000億イェンに迫る。

本来の価格の100倍近い。

だが、それでも実は「安い」のだ。

「私があの男に買わせたのは、ただの城じゃない、魔王城……それも、物質的な城の所有権ではなく、〝魔王城〟という存在そのものの所有権……」

〝テキタイテキバイシュウ〟の邪法は、値の付けられぬものにすら値を付け、購入を可能とする。

買われたものは、その所有権を奪われ、他の者は使用できなくなる。

故に、トイレの水は、水道管や配水装置に異常がないにもかかわらず、流れなくなったのだ。

「魔王城を持てるのは魔王のみ、すなわち、魔王城を持つ者が魔王……あの城を買い取るということは、魔王の座を買い取ると同義なのよね」

世界の半分の魔族領を統治する権利を持つ魔王の座。

それを、魔王城を買い取ることで自分のものとする。

それこそが、ノーゼの策の核心であった。

「魔王になれるのは魔族だけ……私は魔族じゃないからなぁ」

悪魔と魔族は、全く異なる存在である。

魔族もまた、人類種族同様、アストライザーに生み出された存在。

故に、天界は魔族も人類種族も平等に扱う。

対して悪魔は、アストライザーに由来しない存在の支配下にある者たちなのだ。

「その所有資格を持ち、かつ魔王ブルーを裏切る理由のある者……あの子も、けっこう頑張ってくれたわね」

ノーゼがセンタラルバルドと組んだのは、彼を魔王にすることが目的であったのだ。

「アストライザー……そして、ゼオス・メル……あなたたちが、世界を自由にするなんておこがましいのよ。アンタたちがいいように差配したこの世界をぐっちゃぐちゃにしてあげる。うふふふふ……」

そこまで語ったところで、ノーゼは笑い出す。

世界の全てを地獄に叩《たた》き落とすことを誓った者の笑顔であった。

だが――

「ん……？」

その笑顔が、凍る。

「え……ちょっとまって……？」

ノーゼの目が、現在の魔王城を映している映像と、「買い取り見取り図」の表示を交互に行き交う。

「まさか……これは……」

税悪魔の声が震えていた。

「は……ははっ……なんてこと……！」

それは、複雑にすぎる、理解できぬ感情の共存した表情であった。

激怒と、歓喜がないまぜとなった、余人には計り知れぬ感情であった。

第九章　一本の釘

場面は、再び魔王城に戻る。

勝ち誇るセンタラルバルドと、絶望の色に染まるメイとブルー。

「そういうことだ……陛下……いえ、今はただのブルー・ゲイセントですな」

ここまでの間に、センタラルバルドは、丁寧に自分の計画を説明した。

それこそ、その手の経済の話にとんとうといメイですら理解できるほど。

「その表情が見たかった！　城を奪うことで終わると思いましたか？　全てですよ！　全てを貴様らから奪い取ってやりたかったんだ!!」

魔王城を買い取るということは、魔王の座も買い取るということ。

魔王の座が買い取られたということは、魔族領全てが買い取られたということである。

「勇者メイ！　貴様はぁ、世界の半分欲しさにブルー・ゲイセントと結婚したんだったなぁ？　どんな気分だ？　その世界の半分は奪われちまったぞ!!」

いや、違う。

勝利の愉悦に浸るセンタラルバルド、彼はそのために、この城に来たのだ。

すでにこの城は彼のものなのだ。

メイやブルーがいるほうが、おかしいのだ。

「魔王の座を、買い取っただって……そんな……」

理屈がわかった上でなお、メイは信じられないでいた。

そんなイカサマのような方法で、ブルーや、魔王城の住人や、魔族領に住む者たちが、支配されていいわけがない。

「そんなこと、あっていいわけがない!!」

「わからんやつだな……見ろよ、もう完売だ」

謁見の間に映し出されている「買い取り見取り図」を示すセンタラルバルド。

そこには間違いなく、「完売」の表示が出ている。

もう、全て売り尽くされ、買い尽くされたのだ。

「そうか……クゥくんもそれに気づいて、必死で防戦したんだな……だが……」

気を失ったクゥを抱きかかえながら、ブルーはつぶやく。

この小さな体の少女は、城だけではない、大陸の半分を、守っていたのだ。

「せめて、あともう少し早く帰ってこられれば……」

すでに、全ては終わった。

クゥがここまでになってしまうほどの状況なのだ。

ブルーやメイに、対抗する手段はない。

「さて……そういうことだ。天界のお歴々？　お帰り願おうか」

謁見の間にいる三人の天使に、センタラルバルドは告げる。

今の彼には、愛の天使も、督促の天使も、ましてや税の天使も、用はない。

「あ、あの……ピーチ様……」

すがりつくような顔で、督促天使のイリューは愛天使ピーチ・ラヴを見る。

「邪法を利用したとはいえ、行われたのは地上の民同士の取引……そこに天界が介入する理由はない」

「そんな……」

友だちであるクゥを助けてあげたい、そんなイリューの願いを、ピーチは却下した。

絶対神アストライザーに仕える天使たちは、己の領分を超えた力を行使してはならない。

それはゼオスだけでなく、イリューも、ピーチも同様なのだ。

「だが……」

愛天使は、視線のみをゼオスに向ける。

封印刑を終えたばかりの彼女は、以前と変わらぬ、冷静な表情であった。

「あなたがなにをそこまで誇っているのかわかりません」

まるで、クゥたちの危難など、我関せずといったように。

「ほう……相変わらずだな税天使、貴様のお気に入りたちが破滅したというのにな」

センタラルバルドは、ゼオスがなにゆえに封印刑を受けたか、その仔細《しさい》をノーゼから聞いている。

なので、「また罰を受けないように、冷淡に接している」と思ったのだ。

だからこそ、嘲《あざけ》るような、そして嬲《なぶ》るような笑顔を向けていた。

「ですから」

ふぅと、呆《あき》れたようなため息を、ゼオスは吐《つ》いた。

だが、彼は勘違いしていた。

税天使ゼオス・メルは、そんな理由で動じない。

自分の損になるから無関係を装う、などという私欲で動くようなことはしないのだ。

「あなたがなにをもって勝利を確信しているか知りませんが、まだ、終わってないというだけの話です」

「なんだと……!?」

ゼオスの目には、挑発も、嘲りもなかった。

まるで秤《はかり》の針のように、正確に、ただ事実だけを告げていた。

「バカな……すでに『完売』になっている、私の勝ちだ！」

それでも、わずかに不安を覚えたセンタラルバルドは、「買い取り見取り図」に目を向けるが、やはりそこには「完売」の表示が映し出されている。

「驚かせるな……」

頬《ほお》に伝った冷や汗を拭《ぬぐ》い、センタラルバルドは玉座に腰を掛けようとする。

すでに魔王城は彼のもの。

城内にある全てのものは彼のもの。

故に、魔王しか座ることが許されない玉座も、彼の椅子《いす》なのだ。

が――

「あいたぁ!?」

突如、滑稽《こっけい》なまでの悲鳴を上げ、飛び上がるセンタラルバルド。

「え？」

「なに？」

それまでの緊張を破壊するようなマヌケ声に、メイとブルーも驚く。

「な、なんだ……いたた……なにかが刺さった……？」

玉座に座ろうとした途端、彼の尻《しり》に、なにかが刺さった。

それは小さな尖《とが》りではあったが、「絶対にお前の自由にはさせない」という、頑固なまでの意地を感じさせるひと刺しであった。

「一体……どういうことだ……？」

バツの悪い顔をしながら、センタラルバルドは再び腰を下ろす。

「痛ぁあああ!?」

だがやはり、腰を置き、体重をかけようとした途端、容赦なく臀部《でんぶ》になにかが刺さる。

これでは、座ろうとしても、座ることはできない。

「なんだ!? 税天使、貴様か！　貴様がなにかしたのか!!」

まるで、こうなることをわかっていたかのような、先程のゼオスの言葉。

彼女が、なんらかの関与をしているはずだと問い詰める。

「いえ、私はなにもしていませんよ、ええ。なにせ、今の今まで、封印されていましたので」

悪びれることなく、ゼオスは返す。

しかし、わずかに、本当にわずかであったが、口端がほころんでいた。

「さほど驚く話ではないでしょう？　あなた方の企《たくら》みを見通した者がいた。その対抗策を組んだ。それが果たされた、それだけの至極単純な話です」

何をくだらないことで騒いでいるのかと言わんばかりのゼオスの表情。

対照的に、理由がわからず、冷や汗……否《いな》、脂汗をかき始めているセンタラルバルド。

「ありえん……〝テキタイテキバイシュウ〟を防ぐ手段は限られる。特に魔王城はその手段はさらに少ない」

「ええ、そうでしょうね。一番確実かつ有効な手段を打てませんから」

うわ言のようにつぶやくセンタラルバルドに、ゼオスは告げる。

「ホワイトナイトは、現れませんからね」

「なに……それ?」

ゼオスが口にした妙なワードを聞いたメイが尋ねる。

「うう、ううう……」

「あ、クゥ、アンタは無理しなくていいから!」

ブルーの腕の中で、クゥがうめき声を上げる。

まるで、メイの疑問を説明しようとするかのような動きであった。

「ごめんなさい……ごめんなさい……」

うなされるように、何度も謝り続けるクゥに、メイは自分の身が裂かれてもここまでにはなるまいというほど、辛《つら》い気持ちとなった。

「ホワイトナイトとは……そうですね、『都合のいい助け舟』ですよ」

クゥの代わりに、ゼオス自らが説明する。

「無理やりの買い取り……敵対的買収を行われた者が、自分たちに友好的な相手に、先に買い取ってもらうことです」

「あ～……」

言われて、なぜ「ホワイトナイト」というのか、メイは理解する。

よくある英雄譚《えいゆうたん》のテンプレートだ。

清らかなお姫様をさらおうとする悪魔。

その前に現れる白馬に乗った騎士。

悪魔を倒した騎士とお姫様は結ばれる……それになぞらえて、「お前に買い取られるくらいなら、こっちのもっと良い人に買い取ってもらう！」ということなのだろう。

「だが、魔族にそれはできない……残念だが、今の魔族にそれだけの資産を持つ友好的な相手はいない」

ブルーが、残念そうに首を振った。

長きにわたる人類種族と魔族の戦争が終わって、まだ間もない。

人類種族に、莫大《ばくだい》な資金を注ぎ込み〝ユウコウテキバイシュウ〟をしてくれる者はいない。

「いえ、この場合の重要な要件は、そこではありません」

淡々と、ゼオスは説明する。

「この場合の要点は、至極単純です。『買い取られる前に、友好的な第三者が買う』ということです」

「え、え、え……？」

なにが言いたいのかわからず、ひたすら戸惑うメイ。

その間も、意識のないクゥは、うなされるように、「ごめんなさい」と謝り続けている。

「魔族宰相……いえ、元魔族宰相センタラルバルド。あなたの計画は一見見事に見えます」

「魔王城を買い取る」を「魔王しか持てないものを買い取る」とすることで、「魔王の資格もその中に含める」という拡大解釈を行い、魔王の地位すら買収しようとしたのだ。

しかし、そこには一点大きな欠点があった。

「あなたの理屈で言うのなら、『魔王の城の所有者こそ魔王』。ならば、その逆も真なりです。『魔王の椅子《いす》に座れない者』は、『魔王の資格はない』ということになります」

「なんだと……いや……待て……」

ゼオスの謎掛け《なぞか》のような説明に、センタラルバルドも戸惑う。

だがしかし、彼も一度は魔族の宰相を務め、両種族にまたがる経済的暗躍を仕掛けた男である。

その言葉の意味を、理解し始めていた。

「まさか、そのガキ！！」

ここで改めて、彼はクゥ・ジョの恐ろしさを痛感した。

「クゥ・ジョは、あなたの〝テキタイテキバイシュウ〟を防ぐため、城内にあるありとあらゆるものを細分化し再登録して、買い取りの手間を増やし、時間稼ぎを行おうとしました」

ゼオスの目が、謁見の間の各所に向けられる。

この室内だけでも、柱に壁、ガラス窓、床石の一枚まで、個別に再登録され、「別の設備」扱いとなっている。

「ですがそれはただの時間稼ぎではなかったのです。彼女はその間も、反撃の布石を打っていました」

次にゼオスが見たのは、「なぜかセンタラルバルドが座れない」魔王の玉座であった。

「例えば……ええ、そうですね。その玉座もそうでしょう」

腰掛けに背もたれ、肘掛けに台座に至るまで……いやもっと言えば、部品単位で再登録されていた。

「細分化して再登録されれば、数が増える。数が増えるということは、一つ一つの価格は下がる……」

100個ワンセットで1万イェンの商品でも、バラ売りにすれば、100イェンになる。

セット販売でないバラ売りでは単価は上がるが、それでも、売価自体は下がる。

「簡単な話です。あなたが全てを買い占めようとする前に、クゥ・ジョも買ったんですよ。その玉座を構成する『釘《くぎ》一本』分を！」

「そんなっ……！」

ゼオスの種明かしを聞き、センタラルバルドの顔が驚愕《きようがく》にゆがむ。

〝テキタイテキバイシュウ〟は、ありとあらゆるものに値段を付け、購入可能にする邪法。

だが、それを利用できるのは、術者だけではないのだ。

「彼女が行った細分化は、ただの時間稼ぎではありません。自分が購入可能な金額まで、魔王城の設備の売価を下げること、同時に、それをあなたに気づかせないためだったんですよ」

木を隠すには森の中、という言葉がある。

センタラルバルドは、魔王城買い占め工作のために培養脳を利用した自動機械をサポートに使用していた。

そのため、何千何万まで膨らんだ買い取り項目の全てに、目を通せなかった。

たった一つ、「自分が買い取っていないものがある」ことに気づかなかったのだ。

「だが、しかし……金は、金はどこから捻出《ねんしゅつ》した!!」

信じられないと、センタラルバルドは叫ぶ。

彼とて、その事態を想定していなかったわけではない。

魔王城の金の動きは、彼も把握していた。

どれだけ価格が下がったとは言え、「釘《くぎ》一本」でも、邪法の力で購入しようとすれば、高額が必要となる。

「魔王城の金の動きは監視していた！　従来と異なる金の動きがあれば、すぐに分かるようになってたんだ!!」

もしクゥが、自分の買い占めを妨害しようと、魔王城の金で先に購入しようとすれば、即座にそれ以上の金額で先に買い取れるようになっていたのだ。

「そんな動きはなかった、なのに……」

考えられる方法は、魔王城の金ではなく、クゥが自分のポケットマネーで購入したケースだ。

だが、一少女が、そんな財力を有しているわけがない。

クゥは魔王城の財政担当として働いているため、給金が支払われているが、決して高額ではない。

「どこからあの小娘が、そんな金を得たというのだ!!」

錯乱するセンタラルバルドの耳に、まさにちょうどその時、まだなお気を失っているクゥのうわ言が聞こえる。

「ごめんなさい……ごめんなさい………」

その言葉は、てっきり誰もが、「魔王城を守りきれなかった」ことを謝罪しているのだと思っていた。

しかし、そうではなかった。

「ごめんなさい……返済は、来月には必ず……」

「あ!」

その一見意味不明な言葉に、イリューが声を上げた。

「私まだ、今月もらってない!!」

イリューは督促の天使。

天界に借金をした者に、返済を迫るのが、彼女の役目。

魔王城は、以前にあった事件で天界に借金をしており、毎月返済の義務を有している。

だが、今月はまだ返済がされていない。つまり——

「天界への借金の返済金を使ったのか！！！」

ようやく、センタラルバルドはクゥの仕掛けたからくりを理解した。

魔王城内の金を使えば、彼に気づかれる。

しかし、自分のポケットマネーでは足りない。

なので……

「そうです。天界への返済金は天界のお金です。魔王城のお金ではない。故に、あなたは察知できなかった」

釘《くぎ》一本……たったそれだけ。

だが、その一本は絶対にセンタラルバルドに玉座に玉座につくことを許さない。

魔王城を買い占めても、玉座に座れぬ王など、王とは認められない。

たった一本の釘が、彼の野望を阻《はば》んだのである。

「は、はは………」

思わず、ブルーは呆《あき》れたような笑みをこぼす。

自分の腕の中で、気を失っているクゥ。

魔王城は……いや、ゲイセント王朝は、最大と言ってもいい危機に襲われていた。

それを彼女は見事に凌《しの》いだのだ。

（こんな小さな体のどこに、そんな力を持っていたのだか……）

絶対的不利の状況で、最後まであがき続けた、クゥの粘り勝ちであった。

「さて……」

全ての説明は終えたとばかりに、ゼオスが手を叩《たた》いた。

「それでは、私は私の仕事をするとしましょう」

彼女は税天使、〝ゼイホウ〟に基づいた、正しき流れを守り導くことが仕事。

ゼオスが感情を乱していなかったのは、「その必要がなかった」から。

そして、諸々《もろもろ》が終わったのならば、彼女は自分のやるべきことを果たすのみであった。

「それでは………」

ふわりと、ゼオスの翼が広がると、目を覆わんばかりの光があふれる。

「これは……また懐かしい……」

その光景を前に、メイが苦い顔になる。

審判の光――『一瞬にして全ての真実をつまびらかにする、ただし経理関係のみ』の、税天使が用いる力であった。

「なるほど……そういうことでしたか」

ゼオスは、クゥが行った〝ジョウホウテイキョウセイド〟に基づき、〝ゼイホウ〟に反した疑いのあるセンタラルバルドの調査を行った。

「徴税権の売買……正確には『徴税権を使用する権利』を売買することで、高騰化した時価を担保に、高額の融資を引き出したわけですね」

一瞬にして、彼の資金調達のからくりも明らかにした。

「徴税権、だと……」

ブルーはわずかに顔を曇らせる。

ゼオスの記憶の世界で、ザイが話していた「徴税権」である。

彼女にとっても、小さくない話のはずなのに、その表情には一切変わりはなかった。

「なにか、問題があるというのか！　こちらは全て合法なはずだ！」

センタラルバルドは声を荒らげる。

彼の行ったことは、一見インチキ臭く見えるが、少なくとも法には触れていない。

だが、ゼオスはさらにその先を見抜いていた。

「ですが、市場の高騰が異常です。これは……〝ソウバソウジュウ〟を行いましたね？」

「うっ……！」

ゼオスの告げた一言に、センタラルバルドの顔は青ざめる。

巧妙に仕組んだ作戦であったのだろうが、税天使の目はごまかされなかった。

「なるほどね、そういうことだったわけね！」

「ぐぬぬ………！」

悪事が露見したセンタラルバルドを、メイが糾弾する。

「この腐れ外道！　恥ずかしくないの！　〝ゾウバソウジュウ〟なんてやって！」

「くぅううう……」

数分前までの勝ち誇った姿はどこへやら、立つこともおぼつかないのか、膝《ひざ》をつき汗を垂らす彼に、さらに罵《ののし》りの言葉をぶつける。

「まぁなんの話かまったくわからないわけで、誰か解説お願い！！！」

「メイくん……自分についていけない話が続くからって、無理やり割り込むのはやめたほうがいいよ」

例によって、まったくわかっていないのに、それっぽく話に入っていただけだったメイに、ブルーが苦笑いをしつつツッコむ。

「り、りんご……」

「え？」

と、一同が呆《あき》れている中、ようやく目を覚ましたクゥが口を開く。

「クゥ、どうしたの？　大丈夫？　りんご食べたいの？」

慌てて、ボケは一旦よそに置き駆け寄るメイ。

「りんごに喩《たと》えて説明するとですね……」

「そっち!?」

器用なことに、気絶しながらも会話はある程度耳に入っていたのか、意識を取り戻した途端に解説を……というよりも、解説するために意識を取り戻したクゥであった。

「メイさんが……りんご屋さんだとしますね……？　100個のりんごを、1個100イェンで売ります……りんごを1個欲しい人が100人いたとします、どうなります……？」

「自分で言っといてなんだけど、あんま無理しちゃダメよ……えっと……それなら……ちょうど売り切れでしょ？」

クゥの体調を案じながらも、メイは答える。

さほど難しくない話である。

需要と供給が合致し、希望の価格で、全部売り切れたのだ。

「では……欲しい人が50人だったら、どうします……？」

「え、それは……」

しばし考える。

欲しがられている数が、商品の数より少ないのだから、売れ残りは必至である。

ましてや商品はりんご、売れ残っても腐るだけ、ならば……

「もったいないけど、2つで100イェンで売るわね。それなら、まだ無駄にはならないでしょ？」

「ええ、そうです。そうなんです……つまり、それは、『りんごの価値が、半分の50イェンになった』と同じ意味なんです……」

1個100イェンで売っていたりんごを、2個で100イェンで売るということは、1個あたりの売価は50イェンになったということだ。

子どもでも分かる、簡単な話である。

「これが、『需要と供給によって作られる市場価格』なんです……欲しい人が少なかったら、値段は下がるんです……」

「なるほど」

「では……その逆なら？」

「え？」

クゥの質問に、メイはしばし頭をひねる。

欲しい人が少なければ値段が下がるのなら、欲しい人が増えれば――

「値段が上がる？」

「はい、そうです……りんごで喩《たと》えるなら、100個しかないのに、欲しい人が200人いるようなものです」

先着順で売る、抽選で売るなど、いろいろな方法はある。

だがもしその200人の中に、「何としても欲しい」という人がいるならば、話は変わる。

「『倍の値段を払ってでも欲しい』という人が50人いて、『元の値段じゃないのならいらない』という人が50人なら、それもまた市場原理が働いたことになるんです」

需要が高まれば、価格は上がる。

価格が上がれば、需要は下がる。

結果として、適正な数字に収まる、という考え方である。

「なるほど、結果として、変わらないのね」

「でもそれはあくまで理論上の話です」

「え？」

納得がいった、という顔のメイに、クゥが厳しい顔で返す。

「その原理を悪用すれば、価格を異常に高騰させることが可能なんです」

「そんな……どうやってよ？　欲しい人を増やすって言っても、簡単に増やせないでしょ？」

「増やせるんですよ」

ようやく呼吸が落ち着いてきたクゥは、まだなお、膝《ひざ》をつき、うなだれているセンタラルバルドに目を向ける。

「例えば、欲しい人が『千人いる』ということにすれば、どうですか？」

「え、でも、だって……？」

困惑するメイに、クゥはまるで悪魔の奸計《かんけい》を語るように続ける。

「倍の人が欲しいと言えば倍の値段になるのなら、十倍の人が欲しいと言えば……いいえ、正確には十倍の人が〝いる〟ということにすれば、価格は十倍になりますよね」

「でも、それは……十倍？　1個1000イェンのりんごなんて、誰も欲しがらないわよ！」

それこそ、先に出てきた「市場原理」とやらに反する。

需要に合わせて価格が上がれば、需要は下がり、価格も下がる。

「ですが……さらに『もう千人が欲しいと言っている』と言われたらどうです？」

「それは……」

十倍の人数が欲しがれば、価格が十倍になるのだとしたら。

さらに千人増えて、二十倍の人数が欲しがれば、二十倍の価格になる。

「買う、わね……今買わないと、もっと高くなるってことでしょ……？」

「それだけじゃありません、さらにもっと、何千人も欲しがっている人がいると言われたら、明日には一万人の人が欲しいと言ってくると言われたら？」

「それは、それはえっと……」

「明日には、さらに十倍の1万イェンになるんです。りんご1個が」

「それは……」

元は100イェン、それが1000イェン、だがすぐにも2000イェンになる。

そして明日になればそれがさらに値上がりして1万イェンになる。

「1個で、いいんですか?」

クゥが、ゾッとするほど冷たい声で問う。

「1個じゃ足りないわ……100個全部、あるだけ買う……だって、それだけあれば……」

「ええ、そのりんごを明日十倍で売れば、10万イェンで買った100個のりんごは、100万イェンになります。大儲《おおもう》けですよね」

「でも、それって、それは……違うんじゃないの……?」

最初は皆、「りんごが食べたいから」欲しがったはずだ。

だがそれが「価値が上がり、高く売れるから」欲しがるようになる。

その結果、りんご1個の本来の価値を超えた異常高騰状態となるのだ。

「これがりんごならまだ腐ります。ですが、腐らないものなら……価格は天井知らずです」

「でも、さぁ……やっぱそれおかしくない?」

まるで、無限に湧《わ》き出す毒虫の巣を前にしたような嫌悪感を覚えながら、メイは言う。

「うまくその、うまく言えないんだけどさ、絶対それおかしいって!」

ただでさえ頭脳労働は苦手なメイである。

この嫌悪感を、上手《うま》く説明できなかった。

「ええ、あってます。メイさん。あくまでこれは理論上の話です」

怪談に怯《おび》える子どもに、「作り話だよ」と言うように、クゥは返す。

「理屈の上での話です。こんなにわかりやすく上昇なんてしません。そもそも、購入希望者と、その希望者の資産が有限である限り、絶対にうまくいかないんです」

掛け数を無限に設定すれば、どんなものでも無限大に膨れ上がる。

あくまで机上の空論なのだ。

「でも、数字の上だけなら可能なんです。帳簿の数字をいじる……ということもありますが、架空の取り引きを架空の名義で繰り返し、さも『たくさんの人が欲しがっている』ように見せることは可能です」

それこそが、センタラルバルドの行っていた〝ゾウバソウジュウ〟であった。

「それをやってたってこと？　詐欺じゃん!!」

「ええ、犯罪です。とんでもない大罪です」

相場を操作して、実際の価値よりも高く見せる行為は〝キンユウトリヒキ〟の法に反する、禁忌の行いなのだ。

「実体のない虚構の価値を釣り上げ、その価値を担保に金を借りて、魔王城を、そして魔王の座を買収しようとした、か……なんという」

そこまでの話を聞いて、ブルーは悲しい顔で、センタラルバルドを見つめる。

哀れみや、蔑《さげす》みの感情はなかった。

ただ、「残念だ」という思いであった。

「くっ……」

そんな彼の視線に気づき、センタラルバルドは悔しげな声を上げた。

「ふざけるな!! だからなんだ! 税天使!! お前に文句を言われる筋合いはないぞ? 俺が〝ゾウバソウジュウ〟をしていたからといって、〝ゼイホウ〟には反していない! 脱税をしたことにはならないぞ!!」

意地をかき集め立ち上がると、悪あがきとも言える詭弁《きべん》を弄《ろう》する。

「何言ってんのよ、往生際悪いわよ!」

メイは怒鳴りつけ、ゼオスとクゥに言う。

「言ってやんなさいアンタたち!」

「いえそれが〝ゼイホウ〟違反ではないんです」

「そうなの!?」

しかし、クゥの返答は、彼女の期待したものではなかった。

「はい……この段階では、それが明らかになった以外の意味はありません……ゼオスさんにできることは、ないです……」

「うそー!?」

大逆転勝利が待っていると思っていただけに、メイは頭を抱える。

このままでは、センタラルバルドの野望は阻止できたものの、結局魔王城は、「釘《くぎ》一本分」

以外は、センタラルバルドのもののままということである。

「くははは！　こうなったら、せめて貴様らに嫌がらせしてやる!!　この城だけでも奪ってやる!!」

「このドぐされ野郎！　往生際悪すぎんでしょー!!」

喚《わめ》くセンタラルバルドに、メイが叫ぶ。

「知るか！　こうなったらもろとも地獄に道連れだァ!!」

一度全てを失って、路頭に迷ったセンタラルバルド。

自分が浮上できないのなら、せめて憎い相手を引きずり込むことで、「元を取ろう」としたのだ。

「なんとかしなさいよゼオス！　税天使でしょ！　天下御免のＭＡＲＵＳＡ《キヨウセイシツコウサシオサエ》とかやんなさいよ」

それは、かつてゼオスがセンタラルバルドに使った、「過去現在未来の資産を全て没収する」税天使の究極奇跡である。

「ですから、税天使なので、なにもできません」

「そんな……！」

泣きながらメイが訴えるも、ゼオスの対応は冷淡であった。

「もう私ができることといえば」

「え？」

と、思ったら、さらに彼女は、言葉を続けだす。

「告知するだけです」

「告知？」

次の瞬間、謁見の間全体に、激しい音が鳴り響く。

まるで、醜悪なバケモノが、聖なる剣に切り裂かれ放った、断末魔の叫びのような音が。

「なんだ……この音は……ん!?」

音の源を探すセンタラルバルド。

その発生源を見つけ、目を見開く。

なおも中空に浮かんでいた、全ては「売却済み」となり、「完売」表示となっていた、「買い取り見取り図」から、その音は鳴っていたのだ。

それは、エラー音であった。

正常な手続きがなされなかった際に放たれる、警告の音だった。

「なんだこれは……何が起こったのだ……」

「買い取り見取り図」全体に、大きく「Error」の文字が表示されている。

「絶対神アストライザーは、絶対の公正者です。故に、天界は究極の公的機関とも言えます」

困惑するセンタラルバルド……だけではない。

謁見の間にいる、メイやブルーやクゥにも分かるように、ゼオスは言う。

「そして、天界よりの使者である天使もまた、公正であることを求められます」

言いながら、ゼオスは、このやり取りを静観している、愛天使ピーチ・ラヴに視線を向ける。

「ふっ……」

ぷるんと、ピーチ・ラヴのケツアゴが揺れる。

まるで、「よく言う」と、苦笑いを浮かべたようであった。

「故に、税天使の務めは、公正なる公務！　故に、その内容は広く知らしめ、公開せねばなりません。そう、『元魔族宰相センタラルバルド氏に税務調査を行いましたが、〝ゾウバソウジュウ〟の事実は確認されたものの、脱税行為はなかった』と！」

「なんだと――――!?」

ようやく、センタラルバルドは異変の理由と意味を理解した。

天界の告知は、ただの告知ではない。

それこそまさに、天から地に、降り注ぐ雨のごとく伝わる。

センタラルバルドが行った、違法取り引きが、世界中に知れ渡ったのだ。

「なに、なにが起こってんの!?」

「りんごで喩《たと》えるとですね！」

もうわけがわからないメイに、クゥが解説する。

「センタラルバルドさんは、1個100イェンのりんごを、『明日には1億イェンになる』と言って、いろんな所から5000万イェンを借りたんです！」

これがただの虚言ならば、貸す者などいない。

しかし、違法手段によって「りんごが1億イェンになる」という相場を創《つく》り出すことで、それを信じた銀行や投資家が、彼に融資を行ったのだ。

「でも、ゼオスさんがみんなに言っちゃったんです。『このりんごは100イェンの価値しかないよ。センタラルバルドさんが言っているだけだよ』って！」

架空の「欲しがっている人」という操作で作り上げた偽りの価値であることが知れ渡った。

この段階で、どの投資家も融資を打ち切る。

「センタラルバルドさんは、お金が入ってくることを前提に、魔王城の買収をしていたんです。そのお金が入らなくなった……つまり――」

耳をふさぎたくなるほどの警告音を鳴らしていた「買い取り見取り図」に、さらに新たな表示が生まれる。

それまで「売却済み」となっていた項目が、次々と「決済不可」に切り替わった。

一つ二つではない。

何百何千という項目全てが、ドミノを倒すように変わっていく。

「お金が貸してもらえなくなったら、買うと約束したものは買えません。ですから……魔王城は、売買契約がなされなかったということで……戻ってくるんです！」

歓喜の声を上げるクゥ。

「よっしゃー！！！」

それだけわかれば十分とばかりに、喜びの叫びを上げるメイ。

「お、おのれえええええっ!! 税天使、貴様ぁ！！！」

憤怒《ふんぬ》の声を上げるセンタラルバルドであったが、ゼオスの表情に変わりはない。

「なにを怒っているのです？　私はなにもしていませんよ」

「貴様、貴様……………！」

ゼオス・メルの表情は変わらない。

「私はただ、告知しただけです、事実を。それを知った方々がどう思うかは――」

ただ、少しばかり、ゼオスの目はいつもと異なるきらめきを見せていた。

「その方々の勝手です」

「が――――！」

奈落《ならく》の底の底に突き落とす、絶対零度の税天使の決め台詞《ぜりふ》が炸裂《さくれつ》した。

今ここに、センタラルバルドの野望は、全て完全に完膚なきまでに、砕かれたのであった。

「くくくくっ……！」

ケツアゴを震わせながら、ゼオスの上司でもある、愛天使ピーチ・ラヴは笑う。

（ゼオスめ……なにも反省しておらぬではないか……いや、違うか……）

ゼオスは、なにも間違ったことをしていない。

天使としての領分以外は一切侵さず、自身の仕事をこなした。

それ以上のこともそれ以下のこともなにもしていない。

（むしろ、過去を振り返り、反省したからこそ、変わらぬか……）

ゼオス・メルが、天使になった理由。

税の天使となった理由。

それを思い、ピーチ・ラヴはわずかに目を細めた。

「あ、あの……愛天使さま……ゼオスさん、なにをしたの……？」

傍らの、見習い督促天使のイリューが、不安げな顔で尋ねる。

ゼオスもクゥも、彼女にとっては恩人である。

彼女らが、不幸になってほしくないと、願っているのだ。

「ふふ、なに、案ずることはない」

慈《いつく》しむように、ピーチ・ラヴは、イリューの頭を撫《な》でる。

「なにもおかしなことは起こっとらんよ。ただ、ゼオス・メルが〝仕事〟をしただけだ」

ピーチ・ラヴの視線の先には、喜び手を取って踊っているクゥとメイが、失意のあまり気絶しているセンタラルバルドが、そしていつものように無表情のゼオスがいた。

ただし……

「ふんっ」

鼻から少しばかり、勢いよく息を吐いていた。

まるで、いいように自分を陥れた小悪党の野望を、完膚なきまでに叩《たた》き潰《つぶ》し、気が晴れた――ように見えなくもない、顔であった。

「さて、我らは帰還するか……少しばかり、今回は関わりすぎた」

天界の問題も関わっていたとはいえ、自分もまた過干渉をしかけていたピーチ・ラヴ。

天使たちは、絶対神アストライザーより「己の領分を守れ」と厳命され、越権行為には重罰が下される。

だがその越権行為は、総じて、天使たちが皆、地上の民たちの幸福を願っているが故であった。

(アストライザーがそう定めねば、我らはおせっかいがすぎるからな)

ぷるんと割れたアゴを揺らすと、ピーチ・ラヴは巨大な翼をはためかせ、空に舞う。

「イリューよ、お前も帰るぞ」

ピーチの言葉に、イリューがわずかに戸惑いを見せる。

「あ、でも……」

クゥは、魔王城の買収を防ぐため、天界への返済金を使用した。

つまり、今月分の返済は未納であり、督促の天使であるイリューは、それを気にしていたのである。

とはいえ、今の魔王城の状況では、すぐに返済は難しい。

それでなくとも、勝利に喜ぶクゥたちに水を差したくないと思っていたのだ。

「返済は、来月まで待ってやれ。その程度の猶予は許されている」

そんな彼女の心中を察し、ピーチは片眉《かたまゆ》を「やれやれ」とでも言いたげに上げる。

「ただし、利子は取るのだぞ」

「はい！」

一線は守りつつも、常にそこに温情は忘れない。

天使らしい幕引きをしたのであった。

「ゼオスよ、お前もだ。もうよかろう」

封印刑を終えたゼオスは、あらためてそのことを、アストライザーに報告する義務がある。

絶対神にして全能神アストライザーは、この事態もすでに把握しているのだが、「当事者が自らの口で語る」ことに、意味があるのだ。

「もうしわけありません、ピーチ・ラヴ様。まだ、用が残っていますので」

だが、ゼオスは帰還要請を拒む。

「用とはなにか？」

「……小用です。すぐに終わります」

「ふむ……」

常に理路整然と、簡潔かつ明瞭な受け答えをするゼオスにしては、奥歯に物が挟まったような物言いであった。

「よかろう……だが、わかっていような？」

「はい」

あまり深入りするな、と暗に含ませ、ピーチ・ラヴとイリューは天界に帰還した。

「さて……」

そして、ゼオスは改めて、魔王城の一同に向き直る。

喜びはしゃいでいるクゥやメイではない。

「ブルー・ゲイセント、あなたに話が……」

二人とは対照的に、喜びを表さず、どこか悲しげな顔のブルーに声をかけようとして、その口が止まった。

「…………」

ブルーは、崩れ落ちているセンタラルバルドを、じっと見つめている。

長きにわたって裏切り行為を働き、追放されて後、逆襲に現れ、王位簒奪《さんだつ》を企《たくら》んだ男である。

だが、憎しみや怒りよりも、ブルーの背中には、言いようのない悲しみがあった。

(ザイ……)

ゼオスの脳裏に、千五百年前、まだ自分が人間であった頃に出会った男の顔が浮かぶ。

あの時、弟のクゥーラを、一騎打ちで倒した時の彼の顔に、今のブルーは似ていた。

「センタラルバルドさん……」

ブルーは、敗北のショックに打ちひしがれている彼に近づく。

一度ならず二度までも魔王家に逆らったのだ。

魔王として、彼に厳正なる処分を与えなければならない。

はっきり言えば、「死を賜る」をしなければならない。

「陛下……」

困惑しつつ、センタラルバルドは顔を上げる。

彼もその事情は理解している。

自分は殺されて当然のことをした自負がある。

なのに、ブルーは、彼を〝さん〟付けで呼んだ。

「もう一度、やり直せないだろうか」

「…………!」

その言葉に、その場にいた一同は、みな驚きの顔となる。

なおも反逆者を許そうとする、お人好《ひとよ》しの王であるブルー。

(いけない……‥)
そして、千五百年前の再現のような光景に、ゼオスは戦慄《せんりつ》する。
それでは、ダメなのだ。
その優しさでは、あらたな火種となる。
かつて、己を許そうとした兄ザイに、弟クゥーラは最後まで抗《あらが》った。
あの時のゼオスは、彼の行動を理解できなかった。
「なんて馬鹿《ばか》な男だ」とさえ思った。
だが違うのだ。
憎しみと怒りは、敗者に残された最後の拠《よ》り所《どころ》なのだ。
恨まれ続けて、憎まれ続けることが、勝者の義務なのだ。
それさえも、慈悲の心で「赦《ゆる》されて」しまえば、もう敗者には何も残らなくなる。
そうなった時、追い詰められた者は、残った全ての憎悪を、勝者に叩《たた》きつける。
(いけない!)
ゼオスの目に、センタラルバルドの手が見えた。
ブルーの視界からは死角になる位置、そこに、彼は隠し持っていた短刀を構えていた。
「あっ……」
止めようと、ゼオスは声を上げようとした、その直前、それは起こる。

「なんだ!?」

異変に気づいたブルーが声を上げた。

突如、謁見の間の床にひびが入る。

小さなひびではない。

まるで地割れのように、床一面を覆った亀裂《きれつ》が砕け、奈落《ならく》の底まで続くような暗黒の穴が開いた。

(これは、ただの穴ではない……!)

ゼオスにはわかった。

物理的な空洞ではない。

そもそも、床が割れたのも、物理的な現象ではない。

なんらかの「異界のモノ」が、この世界に干渉し、有り様を歪《ゆが》めた光景なのだ。

暗い穴の底も見えぬはるか向こうから、幾本もの触手が伸びる。

それらが、センタラルバルドの体を絡め取った。

「な、なんだ、これは……これはぁあああ!?」

ただそこにいたから捕らえた、ではない。

明確な意志をもって、まるで借金の取り立てのように正確に、目的をもった動きだった。

(借金の、取り立て……まさか!)

この事態の意味と、理由と、触手の目的が、ゼオスにはわかった。

これは、取り立てなのだ。

代償を、取り立てに来たのだ。

邪法〝テキタイテキバイシュウ〟、それを教えたのは、税悪魔のノーゼ。

悪魔の業、すなわち、魔界の力。

天上に存在する、天界と対をなす、地の底にあるという魔界へ繋《つな》がっている穴なのだ。

（邪法を使った者に、その代償として、命を請求する……というわけですか……すなわち、この触手は……邪神の触手……？）

天上に座するのが絶対神アストライザーだとするならば、地の底にうごめくは邪神。

邪神の力を使った者への容赦ない「使用料の取り立て」なのだ。

「い、いやだ!?　なんだこれは……やめろ!!　離せぇ！！！」

必死で抵抗するセンタラルバルドであったが、どれだけあらがっても次々と襲い来る触手の群れに、徐々に自由を奪われている。

（愚かな……この世ならざる力に頼れば、末路はこの世ならざる絶望だけだというのに……）

そこまで考えたところで、ゼオスの背中に、冷たいものが走った。

彼だけではない。

邪法の力を使用したのは、センタラルバルドだけではない。

「きゃあああっ!!」

もうひとり、悲鳴が増える。

「なんで、なんでわたしに……!?」

触手の群れが、もうひとり、クゥに伸び、その足を、手を、体を掴《つか》み、奈落《ならく》の底に引きずり込もうとしていた。

「しまった……!」

使ったのだ、クゥも、邪法の力を。

「釘《くぎ》一本分」を買い取らせぬために、彼女も邪法の力で、先に買い取ったのだ。

邪神は容赦なく、その取り立ても行おうとしていた。

クゥとセンタラルバルド、奈落の底に引きずり込まれようとする二人。

二人の手を握りしめ、引き止めた者がいた。

「しっかり!! 手を離すな!!」

魔王ブルーであった。

地の底に引きずり込もうとする邪神の触手の力に、全力で抗《あらが》う。

「ブルー!」

その彼の体に腕を回し、メイも引っ張り上げようとする。

「ぐぬぬぬ……」

だが、魔王と勇者の二人がかりでも、触手の力は凄《すさ》まじく、床に踏んばった二人の足さえも、徐々に穴に引っ張られていく。

「なにをしているんです……あなたは……！」

反逆者である自分を、なおも救おうとするブルーに、センタラルバルドは怒りと憎しみを込めた声をぶつける。

「なぜわからないのです!! その優しさは甘えでしかない!!」

怒りと憎しみを込めて、彼はブルーを叱《しか》りつけた。

「過ちを犯した者を、罪を犯した者を、許せばなるほど、優しい王様だと皆は喜ぶでしょう！ ですが、それでは何度も繰り返されるのです！」

罪には罰を、法に基づき、厳格に処分しなければならない時がある。

王の慈悲次第で罪が軽くなれば、なかったことになれば、皆、王の顔色をうかがう者ばかりになる。

おべんちゃらを使い、おだててなだめて持ち上げて、やれ名君だ善君だと称《たた》えれば、当人は気持ちよく「慈悲深き王さま」気分に浸れる。

「王ならば、自らの手で刃《やいば》をふるいなさい!! さもなくば、同じことが繰り返される！ 私のような反逆者が、何度となくあなたを弑逆《しいぎゃく》しようとするでしょう！」

センタラルバルドの声に、それまでの奸賊《かんぞく》の色は残っていなかった。

まるで、命を懸けて王に諫言《かんげん》する、忠臣のそれだった。

「それに……敗者には、時に死を賜らせることが、慈悲になる時もあるのです。あなたはあまりにも、甘すぎるんです……」

「センタラルバルドさん、あなたは……」

叫ぶ彼の姿を見て、クゥは、自分の命も危うい中、妙に冷静に気付いた。

「もしかして……あなたは、魔王城を買い占めて、魔王の座を奪っても、ブルーさんを殺そうなんて、思っていなかったんじゃないですか……？」

城を乗っ取り、王座についたとして、てっきりセンタラルバルドは復讐《ふくしゅう》として、ブルーを処刑するのかと思っていた。

だが、彼のここまでの言葉が、本心からのものであるとしたら、話は変わる。

「ブルーさんを死なせずに、敗者として生きる屈辱を与え、自らの行いを省みさせる。それが、あなたの目的だった……？」

「……なめるな小娘」

クゥをにらみつけるセンタラルバルド。

「私はそんな甘ちゃんではない」

そして、懐に忍ばせていた短刀を取り出す。

「私はただ、こんな甘い男に仕えるのは、もう御免だというだけのことだ」

「センタラルバルドさん、なにを！」

そして、その短刀で、彼は自分を摑《つか》んでいたブルーの手を刺した。

とっさのことに手は緩み、そのまま彼の体は、触手に引っ張られ、暗黒の穴に吸い込まれていく。

「厳しさを身につけなさい。さもなくば、本当の『やさしい王様』にはなれませんよ」

「センタラルバルドさ――――センタラルバルド！！！」

ブルーの最後の叫びを聞き、センタラルバルドの顔は、静かに落ち着いていた。

直後、あいていた巨大な穴は、まるで「滞在時間が切れた」かのように、元あった謁見の間の光景に戻り、消え去った。

最初からなにもなかったかのように、なくなった事もなかったかのように。

ただ、一人の男を奈落《ならく》の底に引き込んでいった。

「あいつ……」

うなだれるブルーの隣で、かろうじて引っ張り上げられたクゥを抱きしめながら、メイはつぶやく。

クゥとセンタラルバルド、二人とも引き上げるのは不可能だった。

あのままでは、メイとブルーも、ともに奈落の底に引きずり込まれただろう。

どちらかを、切り捨てなければならない場面だった。

「ブルーの代わりに、やってやったのか……」

王たる者が、決断せねばならぬ時がある。

彼は最後に、それを教えたのだろう。

「う、うう……」

恐怖に震えるクゥの頭を、メイは撫《な》でる。

「だけど……」

おそらく、センタラルバルド自身の、ブルーや自分への復讐《ふくしゅう》が、今回の騒動の目的だ。

でも最後に、そんな自分になおも慈悲を向けるブルーを前に、彼は最期の最後で、臣下に戻った。

臣下として、教えを残して消えていったのだ。

「甘さを捨てろって言ったけどさ……こいつの甘さ、アンタも嫌いじゃなかったんじゃないの……？」

もういなくなった、最後までわかりあえなかった男に、メイは語りかけた。

その視線の先には、その男が手につけた傷から流れる血を見つめる、ブルーの姿があった。

こうして、ようやく、一週間あまり続いた、この「魔王城買い取り事件」は幕を閉じたのであった。

終章

騒動が終わり、二日ほどが経った。

魔王城は本来の機能を取り戻し、使用不可能となっていた設備や施設も元に戻る。

無論、使用不能になっていた水洗トイレも使えるようになった。

クゥは、この数日の無理がたたったのか、あの後また倒れた。

疲労困憊《ひろうこんぱい》したのもあったが、頭を使いすぎたのか、一種の知恵熱であった。

そして——


魔王城、執務室。

ブルーは一人黙々と、書類仕事をしている。

「…………………」

疲労と知恵熱で寝込んでいるクゥの看病で、メイはつきっきりである。

故に、この部屋の中は、今日は彼一人だ。

いつもクゥが行っている会計処理を、彼女に代わって行っているのだが、なかなかうまく進まない。

改めて、クゥの処理能力の凄《すさ》まじさは、自分の魔法やメイの剣技に匹敵するものだったのだなと感じていた。

「いま、時間はありますか?」

そこに、何の前触れもなく、税天使ゼオス・メルが現れる。

「ああ、まだ仕事が山積みだが、小休止しようと思っていたところだ」

彼女の神出鬼没ぶりにはもう慣れっこであったブルーは、驚きもせず返した。

数分後——魔王手ずから淹《い》れた紅茶と、ちょっとした茶菓子ののったテーブルをはさみ、ブルーとゼオスは差し向かう。

「飲まないのかい?」

「利益供与になりますので、結構」

茶にも菓子にもゼオスは手をつけない。

相変わらずの、生真面目ぶりであった。

「あなたに話があります。まずは、元魔族宰相センタラルバルドについてです」

事件の終息を待ち、ゼオスは、彼の末路について伝えた。

と言っても、ゼオスにも推測レベルのことしかわからない。

邪法を使った者が、その対価として命を奪われ、魔界に取り込まれたということを語る。

「魔界……それは、どんなところなんだ?」

「私も、行ったことはないのでなんとも……ただ、アストライザーの力の及ばぬ世界ということです」

ブルーの問いに、ゼオスは淡々とした口調で返す。

万物の創造主アストライザーの力の及ばない世界ということは、「神に見放された外界」という意味である。

「もう彼が、地上に戻ることはないでしょう」

それは、絶対であった。

絶対神の力に背くということは、それだけ罪深い話なのだ。

「死して魂のみになってもそれは変わらず。転生しても魔界の中です」

「そうか……」

ゼオスに告げられ、ブルーは辛《つら》そうな声をこぼす。

もう二度と、永遠に、彼と運命が交わることはないのである。

「………ごく稀《まれ》にですが」

「ん？」

言いかけて、ゼオスは止める。

「いえ、やめておきましょう」

魔界で転生し、悪魔に成りはて、地上に干渉する者が、ごく稀《まれ》にいる――そう言いかけて、ゼオスは口を止めた。

そんな事実は、聞いても却《かえ》って苦しむだけである。

「もう一つは……多分、そのうち尋ねられそうなので、先に話しておこうと思います」

それこそ彼女が、愛天使ピーチに促されながらも、天界への帰還を延ばしていた理由である。

「あなたとメイ・サーが、私の記憶の世界で見たこと……その後のことです」

「それは……僕らが聞いていいのかい？」

ゼオスにとって、最大の私事でもある。

軽々しく尋ねていいものとは、ブルーには思えなかった。

「いいんです。メイ・サーあたりにしつこく聞かれるか、逆に気を使って触れないようにされても、面倒くさいので」

「あ〜……」

わずかに不機嫌そうな顔で言うゼオスに、ブルーは額を押さえる。

図太く無神経なようで、妙に気を使いすぎるところのあるメイだ。

なんのかんの言って仲間意識を持つゼオスの過去に、いらぬ気遣いをして、却ってギクシャクするのは目に見えている。

「なので、あなたに説明しますから、適当に言っておいてください。なにを話すか話さないかは、あなたの判断に任せます」

そこまで言うと、ゼオスは、簡潔に、要点のみをかいつまみ、かつ……自分の過去であるにもかかわらず、まるで記録を読み上げるように語った。

「あの後、ザイ・オーは自らのちぎれた腕に代わって〝邪神の腕〟を移植し、その力を発動、驚異的な精神力で制御に成功し、暴走した怪物と成り果てた弟クゥーラを倒しました」

後世の歴史で、クゥーラが「病死」となっているのは、「実の弟が怪物となった」事実を残すのは忍びないと思ったことと、国内の動揺を抑えるためであった。

「そして、トライセンの王、あなたの先祖である、タスク殿と同盟を締結、大国ガルスを倒し、覇道を歩み始めます」

ザイの軍事独裁を背景とした改革は急ピッチで進められ、エンドの国の国力は驚異的な速度で増していく。

「各地の大国を倒し、併合し、その度にエンドは力を増していきました。魔族領統一も、決して夢物語ではないくらいに」

そこまでは、ブルーも知っている歴史である。

同盟者であったタスクのトライセンも、同様に発展し、強国へと成長していった。

「ですが……彼は、強くなりすぎてしまいました。いえ、強くならねばならない道を歩んでしまったのです」

拡大路線を突き詰めた結果、常に貪欲《どんよく》に、敵を倒し、飲み込み、強大になる。

その繰り返しを続けた結果、ザイの要求する能力は、際限なく上がっていった。

「家臣たちは疲れ果てていきます。ザイは能力主義者でした。力ある者を認め、取り立てる姿勢は変わりませんでした。だがそれは同時に、力を示し続けねば、彼に切り捨てられるということでもありました」

だが、それはまだ「マシ」だった。

強国へと成長したことで、自らの力を示したいと現れる者たちは後を絶たなかった。

使える者は取り立て、使えないものは切り捨て……実力主義による生存競争が続く。

「しかし、『力こそが全て』という国を治めるためには、王であるザイ自身が、誰よりも強くある必要がありました。そのため、彼は手を出してしまったのです……いえ、むしろ、意図的に取り込んでいったと言う方が正しい」

ゼオスの表情が、仮面のように無表情になった。

なにも感じることがない、というよりも、意識して感情を抑えなければ語れないほど、彼女にとって、苦痛の過去なのだろう。

「彼は〝邪神の欠片《かけら》〟を、さらに自分の中に取り込み続けたのです」

魔族領統一のため、戦線を広げ、侵略と併呑《へいどん》を続ける中、まるで導かれるように、ザイの前に〝邪神の欠片〟が現れた。

すでに取り込んだ〝邪神の腕〟も、クゥーラを倒した後に、彼の分まで自分に移植した。

「恐ろしいことに、それでも彼は理性を保ち続けました。両腕、両足、耳に鼻に目、内臓すら大半が入れ替わり、ついには心臓まで〝邪神の心臓〟を埋め込みました」

高位魔族の中でも最高クラスの者が束になっても敵《かな》わぬほどの強大な力を得たザイは、もはや従来の〝魔王〟の域には収まらなかった。

魔王を超えた魔王、〝大魔王〟になったのだ。

しかし、ザイはそんな名称にすら囚《とら》われなかった。

「ザイは自らをこう名乗りました……〝恐皇〟と」

恐怖の皇――もはや、大魔王の称号すらも彼に足りなかった。

魔族領を統一し、人類種族領も支配し、史上初の大陸制覇……それだけではない。

はるか海の向こうにある、別の大陸すら視野に入れ、地上世界の完全統治すら、彼は考え始める。

それはもう理想でも妄想でもなかった。

実現可能なプランであった。

「……………どこまで、行こうとしていたんだ、ザイは」

冷や汗を流すブルーの問いに、ゼオスは感情を抑えた声で返す。

「さて……ただ、彼は果てしなく際限なく成長することを望みました。そして、それを果たせるだけの力ももってしまっていたのです。おそらくですが、ザイ・オーは最終的に、天界にすら攻め込むつもりだったのでしょう」

「…………」

言葉を失う話であった。

天下統一どころか、天上すらも支配しようとしたのだ。

ザイの最終的な野望は、絶対神アストライザーすら屈服させることだった。

「ですがもう誰もがそれについていけなくなったのです。反感を買ったのではありません。皆、ただただ疲れ果てたのです」

ひたすら力を示し続け、ひたすら成長を望まれ、昨日よりも今日、今日よりも明日、成長をし続けることを要求される日々。

「反乱を起こした者も数多くいましたが、そのことごとくを屈服させました。彼に勝てる者はいませんでした」

「裏切り者たちは、皆殺しにされたのか……？」

まだ新しい、手の傷をさすりながら、ブルーは尋ねる。

もはや暴君と化した独裁者の振る舞いとしては、定番である。

「それもありましたが……大半は赦《ゆる》されました」

「え……？」

「自分を裏切るほどの気概を持つのならなおよしと、赦し、さらに自己の配下に加えました。

『その力を自分の下で示せ』と命じ」

ある意味で、慈悲深き王であったのだろう。

だが同時に恐ろしい王でもある。

永遠に、支配され続ける。

逃れることはできない。

彼の野望に、一生を捧げるしか生きる道がない。

「人々は祈り始めました。もう神にすがるしか道はなかった。終わらせてほしいと、この、永遠に続く行軍の日々を、終わりにしてくれと。絶対神アストライザー以外に、彼を倒せそうな者は、他にもういなくなっていたので」

本来、アストライザーはそんなことに力を貸さない。

絶対の公正者であるアストライザーは、地上の民のいかなる陣営にも、えこひいきはしない。

地上の民同士の争いには、不干渉なのだ。

「ついに、アストライザーは手を貸しました」

だが、それが破られる事態となった。

例外的扱い……ではない。

ザイの力が、半ば邪神と化した彼の存在が、もはや従来の世界の有り様からも逸脱したのだ。

「アストライザーは一振りの剣を、下界に授けました。どんな武具でも倒すことのできない邪神をも斬《き》り裂ける、意志の力を刃《やいば》とする、究極の剣を」

それこそが、今はメイが持つ、勇者専用の装備〝光の剣〟である。

「それを持った者が、ザイを殺しました」

〝光の剣〟は、邪神を倒すためにつくられた武具――それは現代でも伝説として残っている。

その邪神こそが、ザイであったのだ。

「その後、恐皇ザイの存在は、魔族の間でもタブーとなりました……いえ、どちらかと言えば、彼らも一種の共犯者だったのでしょう。〝光の剣〟を持った者……その者の存在を知りながら、あえて放置し、中には秘密裏に協力をした者さえいましたからね」

そこまで、魔族たちは疲れ果てていたということである。

ザイに関しての歴史的な記録の謎《なぞ》が、ブルーの知る限りかなり簡単なものであった理由もわかった。

最低限の記録にとどめ、万が一にも、感化され、後に続く者が現れるのを恐れたのだ。

歴史には往々にして、そのような話がある。

「しかし……ゼオス、キミはよく知っているな?」

改めて、そのことをブルーは問う。

ゼオスはあの時代の人物であり、ザイとも親しかったとはいえ、内情に通じすぎている。

「別におかしなことはないでしょう。自分のことなんですから」

「え？」

しれっとした顔で返したゼオスに、ブルーは呆然《ぼうぜん》とする。

「ですから、私なんですよ、ザイを殺したのは。〝光の剣〟を使って」

「え、えええええ!?」

〝光の剣〟は、勇者専用の装備。

いや、「勇者」の称号を許された者でも、使える者は少ない。

メイでさえ、二百五十年ぶりにあらわれた継承者なのだ。

「ゼオスくん、キミ勇者だったの!?」

「はい」

驚くブルーに、前職の経歴を話すようにあっさりと、ゼオスはうなずく。

「別に自分で名乗ったわけではありませんけどね」

「あ～…………」

「そもそも、私は自分を勇者だと思ったことはありませんので」

ゼオスの表情は、一見いつものままだったが、わずかに、口元が強く結ばれていた。

「ザイは最後まで私が裏切るとは思っていなかったのでしょう。なので、警戒が緩かったのです。ただのだまし討ちです。そんな者が勇者を名乗るなど、おこがましくありませんか？」

「それは……いや、しかし……ううん……」

ブルーは返答に窮した。

当人が認めぬものを、他人が「違う」とは言えない。

「その後私は、死して後、〝勇者〟としての功績を認められ、天使となりました。以上です」

話し終えたとばかりに、ゼオスは立ち上がる。

「ゼオスくん……キミが、天使になる道を選んだ、その理由となった後悔は……ザイを殺《あや》めてしまったことなのかい？」

「いえ、ちがいますよ」

ブルーの問いかけに、ゼオスは即答と言ってもいい速さで返す。

「そんなことではありません。あの時、あの瞬間……」

怪物と化したクゥーラに対抗するため、ザイは〝邪神の腕〟を使った。

それが、全てのきっかけだった。

「『手段を選べない』ときこそ、『手段を選ばねばならない』のです。それに気づけなかったことが、私の後悔です」

どこか遠い目で、ゼオスは続ける。

「ですが、その『選ぶべき手段』がなんだったのか、私にはわからない。千数百年考え続けてきましたが、まだわかりません」

答えの出ない問いかけを、延々と続けることが、彼女が自分に科した罰なのかもしれない。

「そのことを、あなたにも覚えておいていただきたかった。妙なものです。あなたはタスクの子孫のはずなのに、どこかザイに似ています。同じ過ちを辿《たど》らないようになさい」

「ああ、胸に刻むよ……」

暴君は、決して暴君になろうとしてなるのではない。

最良を、最善を目指したからこそ、なってしまうモノもある。

それを、ブルーはあらためて感じた。

「ではこれで……私の用件は終わりましたので」

特に感慨を残すことなく、ゼオスは翼をはためかせると、天上へと戻っていった。

「…………ふむ」

もういなくなった、彼女の座っていた椅子《いす》を眺めつつ、ブルーは思う。

千五百年前の世界で出会ったゼオスは、今とは別人のような少女だった。

その彼女が、今のゼオスになるほどの経験。

それは決して、小さなものであるはずがない。

「そうか」

ふと、ブルーは気づいた。

魔王家の公的な歴史はもとより、私的な日記の類《たぐ》いに至るまで、初代魔王ゲイセント一世
——タスク・トライセンは、ゼオスの名も存在も記さなかった。

「思いやったんだな」

変わりゆく自分の兄弟分を、止めることができなかったタスク。

それどころか、ゼオスに損な役回りを押し付けてしまった後悔。

せめてできることは、彼女の辛《つら》い記録を、この世に残さないことだけだった。

「……でも」

ただ、ブルーはもうひとつ思い出す。

「そんな初代様のところに、ゼオスくん、容赦なく税務調査に来たんだよな～……」

初代魔王の日記に書かれていた、「千年前の税務調査」の記録。

そういえば、『あの女悪魔だ！』や『もう終わりだ！』などの泣き言に並んで、『もう少し優しくしてくれたっていいだろうに！』と書かれていたことを、ブルーは思い出し、すこしばかり苦笑いをするのであった。

後ろがたり

かくして、魔王城の騒動が終わり、封印刑を脱したゼオスが天界に帰還した頃。

魔族領でも人類種族領でもない、大陸の北の果ての果てにある小島。

草の一本も生えず、飛ぶことに疲れた海鳥が羽休めにも降り立たぬ、荒れ果てた孤島。

その島の奥深くにある洞窟《どうくつ》に、税悪魔ノーゼ・メヌはいた。

「失敗、か……驚いたわね」

あの時、「買い取り見取り図」の中に異変を見つけたときは、さすがの彼女も笑顔を失い、わずかながら、恐怖感すら覚えた。

あの絶望的状況で、あの少女――クゥ・ジョは、挽回《ばんかい》の一矢を……否《いな》、ひと釘《くぎ》を仕込んでいたのだ。

「本当に大した子だわ。悪魔の予想すら上回るんですもの」

嫌味でも皮肉でもない、心からの称賛である。

自分が人間であった頃でも、あそこまでできた自信はない。

だがだからこそ、彼女は再び笑みを浮かべる。

「わかっているのかしらあの子……自分がなにをしたか、なにをしちゃったか……」

魔王城の者たち、魔王ブルーも、勇者メイも気づいていない。

クゥが行った、「返済金を流用して、クゥの個人名義で買収を行う」という策。

それは、結果的に魔王城を救う形で働いたが、単純な事実だけ見れば、〝ギョウムジョウオウリョウ〟――委託された他人の占有物を、本来の用途とは異なる目的に使用し、自身の利益とする禁断の行為――である。

彼女は、ゼオスが封印刑を処されたのと同じ、〝ショッケンランヨウ〟を犯したのである。

「わかってやっていなかったとしたらただのバカ。でも、わかった上でやっていたのだとしたら……」

ふふふと、ノーゼは楽しげに笑う。

まるで、可愛《かわい》らしい子猫が、実は獅子《しし》の子であることを知ったような。

「うふふ……いいわ、とてもいい、彼女なら、相応《ふさわ》しい」

必要とあらば、手段を選ばず、躊躇《ちゆうちよ》なくその決断が下せる。

口だけなら「できる」という者はいくらでもいる。

そんな者は、実際その場に立てば、倫理観や人道やら、もしくはただ単に怖《お》じ気づき、何もできなくなることがほとんどだ。

だがクゥは違う、迷いなくその決断を下した。

だからこそ、税悪魔の自分の裏をかけたのだ。

「まだ今のところ、私に負けたくないという思いからの行動かもしれないけど……将来有望だわ。ねぇ……そう思いません？」

ノーゼは、目の前のそれに語りかける。

それは、巨大な〝なにか〟であった。

太古の昔より存在する大木のようなそれは、ミイラであった。

千数百年前に、〝光の剣〟を持った女に裏切られた、〝恐怖の皇〟と呼ばれた者の遺骸《いがい》。

「やっと、あなたの後継者が現れましたよ」

嬉《うれ》しそうに、楽しそうに、ザイ・オーと呼ばれた男のミイラに、ノーゼは語りかけるのであった。

了

あとがき

はい、というわけでございまして、「剣と魔法の税金対策」四巻でした。

前回のあの引きから、お付き合いいただき、まことにありがとうございます。

ようやっとゼオスの過去編が描けました。

彼女の過去に関しては、初期から定めていたラインであっただけに、ここまで来られたことは何よりの喜びです。

そう言ったそばから、今回も不穏な終わり方です。

ご安心ください、クリフハンガー《引き伸ばし》の類ではございませんので！

クゥ、ゼオス、メイ、ブルー……彼らのこの先を、見守っていただければ幸いです。

それはそれとして、一巻のあとがきから続けている「税務調査を食らった件」なのですが、なんとそれにくわえて「遺産相続で大混乱」になってしまいました。

いやホント、税務関係はいきなりきます。

日頃からの備えが大切ですね。

初めて行きましたよ、家庭裁判所。

まぁそこらへんの話をするにはあまりにもページが足りない……

ってなわけで、四巻の謝辞などを！

まずは、三弥《みや》カズトモ様！　今回も素晴らしいイラスト、ありがとうございます！

特に、ゼオスに関しては、細かなオーダーを反映してくださり、相変わらずのプロフェッショナルっぷりに助けられております！

担当Y様、今回もありがとうございました！

そして、校正、デザイン、印刷、流通、販売に至るまで、本書に関わった全ての皆様　なにより、今本書を手にとって下さっているあなたに、心からの感謝を！

そして、本巻発売の一週ほど前に、蒼井ひな太氏による「剣と魔法の税金対策@comic」第一巻ついに発売いたしました！

こちらも、是非ともよろしくお願いいたします！

ってなわけで、次は五巻でお会いしましょう。

キミの後ろに、税務署の影！！！

SOW

↗ハードルは大変高いのですが、これをこなすことが出来た国家は、強い権力と財力を得ます。

歴史上最も有名なのが、エジプト文明です。

エジプトのピラミッドは、その建築には高度な数学知識があってこそでした。

徴税権の売買の禁止と、中央集権化を果たせたからこそ、あれだけの高度な文明を築けたとも言えるのですね。

敵対的買取 【てきたいてきばいしゅう】

さて、正確には「税金」とは異なる話なのですが、今回の最大のテーマとなったこちらです。

すこし昔話をいたしましょう。

とあるラジオ局がありました、そのラジオ局は、テレビ局を作り子会社にしました。

時が経ち、放送メディアの主役は、ラジオからテレビに移ります。

テレビ局は、ラジオ局の何十倍もの価値を持つ企業に成長しました。

しかし、「ラジオ局が親会社で、テレビ局が子会社」の関係のままでした。

そこに目をつけたある人物が、ラジオ局の買収を画策します。

なぜなら……ここらへん、すごく複雑な説明が必要になるので、間をズバッとカットすると、要は「親会社のラジオ局は、子会社のテレビ局の社長を指名できる」権利を持っていたんですね。

ラジオ局を自分のものにすれば、自分で自分を、「テレビ局の社長」に指名できます。ラジオ局を買収するだけで、その何十倍もの価値があるテレビ局も実質的に自分のものにできるわけです。

少し前の話ですが、本当に起こったことで、日本中が大騒ぎになりました。今回、センタラルバルドさんがやろうとしたのは、これと同じようなものなんですね。

このように、経済に関するもろごとは、大変複雑怪奇である、中には予想もしなかったような「穴」がある時があります。

困った時は、自分ひとりで考え込まず、専門家にご相談を！

ご依頼、いつでも受け付けてますよ♪それではまたお会いいたしましょう。

ゼイリシのクゥ・ジョ、でした。

“ゼイリシ”クゥ・ジョの

出張税務相談

It's a world dominated by tax revenues. And many encounters create a new story

早いものでこのコーナーも四回目！
今回も、わかりにくいようでやっぱりわかりにくい、税金のアレコレについて、ご説明したいと思います。大丈夫、税金は怖くありません。ちょっとむずかしいだけなのです……

徴税権 ［ちょうぜいけん］

今回、大きく取り上げられていたキーワードですね。

簡単に言えば、「税金を徴収する権利」で、これがあるからこそ、国や自治体は、わたしたち納税者から、税金を納めてもらえるんですね。

これを持っていない人が、勝手に「税金を払え！」ってやってしまうと、それは「税法」に背く行いになるので、その人が捕まります。

歴史上においては、この徴税権の「売買」が行われた時代がありました。

直接的な販売ではなく、例えば、「徴税人」の地位を得るために、賄賂を払うなどというった形もありました。

本作中でも語られていますが、徴税というのは実は大変コストが掛かります。

なので、徴税人に全任して、一定額を中央に納めさせる方が、簡単ではあります。

しかし、徴税の全任は、その土地の生産を事実上支配することに等しいのです。

時代劇などでおなじみの「悪代官」がそうですね。

「泣く子と地頭には勝てぬ」という言葉がありますが、地頭とは中世期において、地方の政治、警察、そして徴税を担当していた役人です。

それくらい、権力が強くなってしまうわけです。

地方の権力が強くなると、中央政府の支配が及ばなくなり、結果として、国の弱体化を招きます。

かといって、中央政府が全て税務を統括するのは、高度な政治体制と、なにより正確な税額を定めるための高度な数学知識が必要でした。↗

参考資料：『相続税を払うヤツはバカ!』（ビジネス社）　『キミのお金はどこに消えるのか　令和サバイバル編』（KADOKAWA）
『図解分かる税金』（新星出版社）　『いちばん親切な相続税の本　2020年版』（ナツメ社）　国税庁ウェブサイト https://www.nta.go.jp/

CHECK
t's a world dominated by
ax revenues.
And many encounters
reate a new story
サンデーうぇぶり
月刊サンデーGX
デジタル版にて
連載中！
単行本 第1巻
出ました!!
小学館

ガガガ文庫10月刊

幼なじみが妹だった景山北斗の、哀と愛。

著／野村美月《のむらみづき》

イラスト／へちま

相思相愛の幼なじみがいるのに、変わり者の上級生冴音子とつきあいはじめた北斗。幼い日から互いに見つめ続けた相手――春は、実の妹だった。そのことを隠したまま北斗は春を遠ざけようとするが。

ISBN978-4-09-453033-9（ガの1-2）　定価660円（税込）

剣と魔法の税金対策4

著／SOW《ソウ》

イラスト／三弥《みや》カズトモ

魔王国の財政立て直しに、いろいろ頑張る魔王♂勇者♀夫婦。超シビアに税を取り立てる「税天使」ゼオスは、夫婦のピンチには助けてくれる、頼りになる「税天使」。ところがそのゼオスが絶体絶命のピンチらしい!?

ISBN978-4-09-453036-0（ガそ1-4）　定価726円（税込）

こんな小説、書かなければよかった。

著／悠木《ゆうき》りん

イラスト／サコ

わたし、佐中しおりと比嘉つむぎは、小学校以来の親友だ。ある日、つむぎに呼び出され、一つのお願いをされる。「私と彼の恋を、しおりは小説に書いて？」そこに現れたのは、わたしが昔仲良くしていた男の子だった。

ISBN978-4-09-453035-3（ガゆ2-2）　定価726円（税込）

月とライカと吸血姫《ノスフェラトゥ》7　月面着陸編・下

著／牧野《まきの》圭祐《けいすけ》

イラスト／かれい

「サユース計画」はついに最終ミッション＝月着陸船搭載ロケットの打ち上げの日を迎えた。イリナとレフ、ふたりの夢はついに月面へと旅立つ！　宙と青春のコスモノーツグラフィティ、「月面着陸編・下」完成！

ISBN978-4-09-453037-7（ガま5-11）　定価759円（税込）

変人のサラダボウル

著／平坂《ひらさか》 読《よみ》

イラスト／カントク

探偵、鏑矢惣助が出逢ったのは、異世界の皇女サラだった。前向きにたくましく生きる異世界人の姿は、この地に住む変人達にも影響を与えていき――。『妹さえいればいい。』のコンビが放つ、天下無双の群像喜劇！

ISBN978-4-09-453038-4（ガひ4-15）　定価682円（税込）

GAGAGA
ガガガ文庫

剣と魔法の税金対策4

SOW

発行　2021年10月24日　初版第1刷発行

発行人　鳥光 裕

編集人　星野博規

編集　湯浅生史

発行所　株式会社小学館
〒101-8001 東京都千代田区一ツ橋2-3-1
[編集]03-3230-9343　[販売]03-5281-3556

カバー印刷　株式会社美松堂

印刷・製本　図書印刷株式会社

Printed in Japan　ISBN978-4-09-453036-0